Ecriture agréable
Sujet bien traité

LE LUTHIER
DE CRÉMONE

HERBERT LE PORRIER

LE LUTHIER
DE CRÉMONE

roman

ÉDITIONS DU SEUIL
27, rue Jacob, Paris VIe

ISBN 2-02-004699-7.

Quelque chose marche dans l'humanité
d'un pas égal et ferme :
c'est l'humanité elle-même.

Janvier 1740.

Que vous soyez Français, Anglais ou Allemand, voyageant à pied, à cheval ou en voiture, en route vers Florence, Rome ou Venise, à moins d'un détour délibéré, vous n'éviterez pas d'aborder Crémone par la porte de la Toussaint. Vous êtes ici sur la plaine la plus fertile de la péninsule et, en toute saison, la végétation y foisonne en variétés qui paraissent sans limites, à en juger par les couleurs en constant renouveau. Une nature aussi riche ne saurait former des hommes rabougris, pensez-vous un peu vite, et c'est en bonne disposition de vous laisser surprendre que vous avez vu la muraille ocre sortir de terre et barrer le paysage.

Cette halte promettait d'être attrayante.

Mais à partir de là, votre patience est mise à l'épreuve. Pour commencer, le capitaine de la tour, que le hasard du jour aura tiré Saxon, Slovène ou Hongrois, comprenez que vous n'aurez aucune chance de vous faire comprendre de lui, vous cherchera une mauvaise querelle à cause des pistolets que vous portez à la ceinture, et qu'il s'obstinera à vouloir confisquer. Le peu que vous ayez déjà appris dans nos Etats est que si, passé les Alpes, tous les chemins mènent tôt ou tard à Rome, toutes les divergences y poussent droit au porte-monnaie. Ce mercenaire ne réclame de la sorte que votre *bonnemain* qui est la part la plus fidèle de sa solde, et vous tenez prête la pièce de cinquante *jules* qui fera taire l'impertinent.

Vous voici dans la place, et cela ne va guère mieux. Au contraire de la plupart des villes italiennes qui vous jettent tout de suite leur magnificence délabrée au visage, Crémone ne fera rien pour vous séduire. Après tout le vert de la campagne, l'uniformité grise, même teintée de rouille, surprend. Les maisons à étages, plantées sans ordre, ont un air penché de misère, et quand le bâtiment cherche à en imposer, il apparaît lourd et sans grâce. A l'heure du labeur comme à l'heure de la sieste, les rues sont désertes, et hormis quelques chèvres qui divaguent à la recherche d'un brin d'herbe égaré entre les pavés disjoints et, de-ci de-là, un chien pelé et enroué courant de travers comme un crabe, ou une parade de volailles efflanquées, vous ne rencontrerez pas âme qui vive. En revanche, l'odeur est forte, épaisse par temps de chaleur, plus subtile à la saison des pluies, collée à la pierre et rampant de sous les balayures amoncelées en tas épars, sucrée et rêche, nauséeuse.

Mouchoir pressé sur les narines, vous hâtez le pas sur la trace du crottin qui doit nécessairement vous conduire à l'auberge. Rendu méfiant, vous n'en espérez rien d'agréable, et vous aurez raison. L'accueil sera médiocre. Vous mangerez mal, vous dormirez plus mal encore, et le prix qui vous sera réclamé sans aménité vous fera monter la bile au gosier, mais vous ravalerez votre amertume. Coincé pour coincé, vous aurez la sottise de suivre le conseil de l'aubergiste d'aller visiter la cathédrale et la maison du peuple, mais votre humeur est trop mal en point pour que cette promenade vous donne du plaisir.

Peut-être aurez-vous le courage de grimper tout en haut de la tour, qui passe pour être la plus élevée d'Europe, et qui ne vous découvrira qu'un paysage de platitude. Vous aurez marqué l'arrêt devant les sombres huiles de Campi ou de Barberini, peintures qui, à Milan, ne vous auraient pas retenu un instant. Sans préjuger des émotions qui vous attendent encore, vous êtes résolu à ne rien négliger qui pourrait justifier la dépense que vous faites, et chacun sait que l'Italie est aussi ruineuse que ruinée.

Une journée de langueur et de regrets, et vous en aurez terminé avec Crémone. Au-delà de la porte du Pô, où il vous faudra négocier votre sortie avec l'officier de la tour, l'aventure recommence.

Le moment est-il opportun pour révéler la vérité sur Crémone, si tant est qu'une telle vérité existe ? La ville n'est pas à son avantage, il faut en convenir, et c'est pourquoi je m'inscris en faux contre un jugement hâtif. Plaider pour ma ville est aussi plaider pour moi, ce qui revient à s'insérer dans l'ordre des choses et à confondre impulsion et profession. Ni poix ni soufre, Crémone n'en mérite pas tant, et les jours de colère sont clos. J'aimerais vous faire revenir de la route de Mantoue où vous avancez allégrement pour vous forcer à admettre que le quadrilatère bordé par la cathédrale et le baptistère, la maison des lanciers et la maison du peuple forme l'un des plus harmonieux ensembles qui se puissent voir dans le monde, mais nous ne sommes pas là pour cela ni vous ni moi, et je vous laisse aller, tandis que je demeure, entouré de quarante églises dont quelques-unes ne sont pas à dédaigner, puisque l'Italie est aussi cela.

Au vrai, je suis l'avocat de la ville, l'un des deux cents défenseurs besogneux perdus dans le marais des procédures, louvoyant entre le droit féodal et le droit papal, le droit royal et le droit impérial déposés en strates épaisses sur le destin de la cité, où nul ne peut mettre le nez à la fenêtre sans se porter en litige avec son voisin et, de surcroît, avec l'autorité en place. Nous avons trop de lois trop bien faites pour espérer encore quelque bienfait de la justice et, suprême dérision, nos prisons ne font pas leurs affaires. Les tribunaux siègent, les causes défilent, les arrêts s'accumulent et s'annulent, toute cette machinerie parfaitement huilée tourne à vide et me laisse tout le temps dont j'ai besoin pour rêver et composer des vers en italien, philosopher et écrire des dissertations en français, correspondre avec diverses académies, écouter de la musique et boire à la santé de mes amis. Innocent, en somme. Je me proclame innocent et, à ce titre, je monte au prétoire pour exposer l'innocence de ma petite patrie.

L'erreur, ce fut assurément de poser la ville au milieu de cette platitude où s'entrecroisent les principales routes stratégiques de la péninsule. A quoi pensait donc ce général romain qui, le premier, planta sa tente dans cette coulée de vent et d'eau ? Qui tenait Crémone commandait au nord et au sud, à l'est comme à l'ouest, et cette disposition fit découvrir tôt aux natifs de la cité le goût pour l'indépendance et le sens de la liberté. Dès le tournant du premier millénaire, Crémone s'émancipa en ville franche gouvernée par elle-même. Ce fut, à bien des égards, un modèle d'organisation, trop réussi pour ne point susciter des envies à proximité et à distance. Crémone eut le bon ton de jouer la carte de l'équilibre des forces entre ses voisins, cela réussit un temps, mais était trop fin pour durer.

Milan s'empara de nous, puis la Sérénissime, puis l'Espagne, le pape nous guignait mais le roi de France fut plus prompt, et depuis une vingtaine d'années, c'est l'empereur de Vienne qui s'est assis sur nos têtes. Dix fois détruite et dix fois rebâtie, Crémone balançait entre ses maîtres dont aucun ne réussit à la maîtriser, si ce n'est à la rendre indifférente aux vicissitudes de son histoire et à la couleur du drapeau que les uns et les autres faisaient flotter à la pointe du *terrazzo*. D'indépendance, on en parlait encore entre initiés et à mots couverts, sans vraiment y croire. De quel côté oserions-nous espérer une délivrance dans ce monde cassé qui ne savait même plus qu'il était dans le monde ?

A force d'être sur le passage des armées, nous le fûmes aussi sur le passage des épidémies. La grande peste du siècle passé, et les années de famine qui l'ont précédée et suivie ont tué et fait partir les deux tiers si ce n'est les trois quarts de la population. Par cette tribulation, un point de non-retour semblait atteint. Pleine, Crémone contenait jusqu'à vingt-cinq mille âmes ; apeurée, meurtrie, humiliée, elle était tombée et se maintenait à moins de dix mille. Ses industries périclitaient, son commerce stagnait, sa campagne retombait en friche. Est-ce assez dire notre détresse et notre mort lente ? Et pourtant !

Je m'attarde parfois à imaginer le remuement sur ces lieux au temps où Virgile scandait ses premières *Bucoliques* à l'ombre de la muraille. On sait que le poète est né près de Mantoue ; on sait moins qu'il fut élevé et instruit à Crémone. Les meneurs de troupeaux et contemplateurs d'étoiles, les semeurs de graines en complicité avec la fécondité du sol, les claires fontaines surveillées par les nymphes et troublées par les satyres, c'est ici sous nos yeux qu'il les a pris, en allégories propres à élever l'âme. La peine des hommes a toujours été un sujet de méditation rassurant. Le théâtre de Virgile a perdu sa bonne mine, si tant est qu'il l'eût jamais ; les champs sont clairsemés et les forêts envahissantes, et les troupeaux ont livré aux intendances leur laine, leur viande et leur cuir. Il faut chercher longtemps avant de découvrir un hameau encore habité ou une source à ciel ouvert. En revanche, la Contre-Réforme favorise la multiplication des monastères et couvents. Ainsi, notre campagne marmonne plus de cantiques qu'elle ne produit de froment, et ce changement arrange peut-être les projets du ciel quand il dérange sûrement l'avenir de la ville. C'est sur les alluvions du fleuve que Crémone a disséminé ses racines et, faute de soins, la sève a cessé de circuler, du moins en apparence.

Si notre théâtre bucolique ne propose désormais qu'une mauvaise pièce, rien n'est changé dans le décor fondamental. Le fossé et le rempart n'ont pas varié d'une largeur de cheveu depuis deux mille ans. Je m'attarde encore plus volontiers à songer à ces hommes qui firent la ville, peuple de vent, d'eau et de terre qui ne scandait point des vers factices mais chantait à pleins poumons un air de fronde dont l'écho se propage encore parmi les vivants. J'en suis, et j'en connais qui en sont, à rire de nos malheurs plutôt que d'en pleurer.

Notre province se meurt, et ne meurt pas, semblable en cela à tout ce qui se perpétue dans le monde. Qu'il me faille demander mon passeport au pape, au prince, au roi ou à l'empereur importe peu, en vérité, si je garde l'espoir que mon arrière-petit-fils le recevra de l'Italie, et nous sommes nombreux à polir cette idée-là.

Le moyen d'y parvenir sans nous accrocher à la place où nous sommes ? Il ne s'agit pas tant d'assurer l'avenir de la ville, laquelle reste une abstraction, que de ne pas ployer sous la contrainte, que de rester debout comme il sied à un être humain. Pour ma part, je me sens plus à l'aise d'être la première robe à Crémone que la dernière à Milan ou à Turin.

Sans doute, les grandes familles patriciennes, celles qui donnent du lustre et du style, se sont égaillées, et leurs palais sont livrés à la soldatesque. Les Raimondi, les Mainardi, les Offredi, les Pagliari ont trouvé refuge à Venise où l'on danse, à Naples où l'on chante, à Rome où l'on complote. Je ne suis pas sûr que ces fêtes soient de la qualité à satisfaire un tempérament exigeant. Huit mois de carnaval, et quatre mois de morosité, cela ne saurait être un bon partage. D'autant que ces capitales ont un œil rivé sur Versailles et l'autre sur Schönbrunn où se donne le ton, et que cette loucherie assombrit sans conteste la recherche du plaisir.

A Crémone, par la force des choses, le regard fait retour sur lui-même, et pour être rare et choisi, le plaisir n'en est pas moins de grande qualité : une soirée entre amis à médire de ceux qui nous gouvernent, un quatuor à l'académie de musique, ou plus candidement une méditation solitaire sur un livre français. La ville est sans doute en piteux état, faute d'entretien, et faute aussi de prisonniers de droit commun pour ramasser et faire disparaître les immondices. La campagne, chan-

tée par Virgile, s'avance dans la tristesse, et le voya-
geur qui demanderait asile à un paysan par temps
d'orage ne rencontrerait que portes et visages fermés ;
à moins de donner à voir l'éclat d'une pièce d'argent,
et sitôt il y aura du feu, du vin et du pain blanc.

Ne vous hâtez pas de conclure que nous autres,
Lombards, sommes une race veule et vénale. Ces quali-
ficatifs n'ont pas de sens, appliqués à une multitude,
même cohérente. La veulerie, la vénalité, ce sont sans
doute des travers dans une société ordonnée ; mais ce
sont aussi des réflexes de défense et des actions de
grâces dans une société en désordre comme la nôtre.
La rapacité de l'aubergiste dont vous avez eu à vous
plaindre est de la même farine. Si vous n'étiez pas
parti si vite, vous l'auriez vu courir à confesse pour
déposer une fraction du bénéfice illicite dans le tronc.
Ainsi, tout le monde en profite, même la Madone,
et la faute est effacée. Un forban parmi des justes
serait objet de scandale ; mais un juste parmi des forbans ne le serait pas moins. C'est pour être équitables
que nous nous faisons égaux dans la culpabilité et la
honte, convaincus que nous sommes que la faute en
revient au principe qui nous oblige à crier à pleine
bouche Vive le roi ! ou Vive l'empereur ! Par deux
fois, cela a failli être Vive le sultan, et si Marignan
avait tourné à rebours, nous serions aujourd'hui
Suisses. Aurait-il fallu pour autant cesser d'être ?

La guerre n'est jamais loin, on la dit *en dentelles*,
ce qui évoque un peu de fil autour de beaucoup de

trous. Des bandes armées sans feu ni lieu terrorisent la campagne et les bourgs, prêtes à se vendre à qui est disposé à les acheter, pape, prince, roi, empereur, butin comptant. Le maître du jour, pris de panique, se raidit et fait dresser des potences. Mais on ne trouve plus tellement de gens à accrocher. Le piège est éventé, la controverse a perdu de son sens et de son sel. Aujourd'hui traître, héros demain, la situation ne tente plus guère. Guelfes ? Gibelins ? Dans Crémone stupéfiée chacun vaque à sa besogne, bouche cousue, et n'en pensant pas moins.

Ce n'est que dans les cénacles que d'aucuns osent ricaner. Sommes-nous un peuple lâche ? Au temps des Césars, le courage passait pour la dernière des vertus, la lâcheté pour le premier des vices. J'ai déjà proclamé que nous étions hors de tout soupçon, innocents parce que désintéressés. Ces querelles ne sont pas nos querelles. Que les superbes s'entr'égorgent si cela leur agrée, plus violente sera leur fureur, plus relevé notre contentement, nous savons par expérience que cinq cents ou deux mille morts ne changeront rien au statut de la ville, donc au nôtre. Nous savons d'expérience qu'il y a plus grave.

Survient alors un vent pervers, et les rats se mettent à crever par centaines, ventre en l'air, emportés par le jus fétide de la Crémonelle, sorte d'égout à ciel ouvert qui partage la ville en deux. C'est signe que la peste n'est pas loin. Quelques regards soupçonneux se portent alors sur le marchand de tabac que l'on dit

Turc et qui est en réalité Bosniaque, et vers le ghetto hors les murs où s'entassent des familles de Juifs.

En cent ans, la peste a fait de tels ravages dans la ville qu'à bon droit elle hésite. Les plus riches, qui ont constitué des réserves alimentaires, se barricadent chez eux. Les plus prudents renouvellent leur boule de camphre. On voit un peu plus de monde aux offices, et un peu moins sur les places et dans les tavernes. Les soldats sont consignés, les tribunaux mis en vacances, et les portes de la ville fermées dès la chute du jour. Après deux ou trois semaines d'attente, il se confirme que ce n'était qu'une épidémie de peste murine, l'autre, la noire, restait tapie dans ses cachettes, en réserve pour une autre fois.

Vous qui fuyez sur la route de Mantoue, Français, Anglais ou Allemand, ne vous avisez surtout pas de nous plaindre. Nous sommes Lombards, lents à bouger, lourds à déplacer, coriaces comme les quintaniers de nos forêts, obstinés comme les castors de nos rivières. Si je m'applique à vouloir rectifier votre jugement de témoin trop pressé, c'est pour ne point dévier de mon sujet qui est le violon de Crémone. Il requiert toute ma vigilance, et je sollicite toute votre attention. Ce que je commence seulement à comprendre, comment le comprendriez-vous si je tronquais mon exposé ? Mon discours est à deux volets, l'un ouvert sur la forme et l'autre sur le modèle, et le lien qui unit ici l'objet à un lieu et à une époque ne doit rien au hasard, ne répond à aucune nécessité et se pose sans preuve.

Il s'agit bien du violon, mais pas de n'importe lequel ; de celui qui s'est fait à Crémone vers le tournant de ce siècle, contre toute logique. Il aurait pu ne pas se faire. Mais il n'aurait pas pu se faire autrement. Si j'osais, je dirais qu'il y a du rapport de l'œuf dans la poule et de la poule dans l'œuf ; mais je n'ose : ce serait simplifier à l'excès.

A la réflexion, le style d'un conte serait mieux ajusté : il y avait une fois une ville d'hommes et de rats, ni grande ni petite, ni belle ni laide, ni riche ni pauvre, chaude en été et froide en hiver, stupidement placée sur la route des envahisseurs et des conquérants, un peu Babel un peu Gomorrhe où, n'en déplaise aux grincheux, il fait bon vivre. La morale de la fable n'est pas que les gens de Crémone acceptent l'adversité, mais qu'ils ont pris le parti de composer avec elle. Ce qui est devenu habitude a aussi cessé de déranger. Entre les raisons de pleurer et les occasions de rire, le destin se retrouve en titubant.

Il n'y a donc pas lieu de s'étonner qu'un bourgeois très ordinaire ait réussi ce prodige, ici et non ailleurs, de créer en se jouant la perfection.

Ce bourgeois très ordinaire, je l'ai fort bien connu. Il était de peu mon aîné, et il n'y a pas trois ans que nous l'avons porté en terre. De son vivant, l'idée de lui consacrer un livre m'eût paru saugrenue. Autant écrire sur le drapier, le corroyeur, le ferblantier, non moins estimables, qui tiennent échoppe en bordure de la place Saint-Dominique et où le chaland vient en foule, tandis que la boutique du luthier ne recevait guère d'acheteurs. Ce sont des existences routinières dépourvues d'attrait. De toute évidence, il ne s'y passe rien. J'ai publié une dissertation sur le Genovèse, une autre sur Monteverdi, toutes deux bien reçues dans les académies. Mais qui se fût intéressé à celui que nous appelions familièrement le bonhomme Antoine, ceci sans aucune malice car saint Bonhomme est un des patrons de la ville.

Jeune avocat sur le chemin du palais, j'aimais à me détourner par les ruelles à l'écoute de la pulsation profonde de ma cité, d'autant que j'avais souvent beaucoup de temps à gaspiller. Par désœuvrement, il m'arrivait de longer l'allée des Couteliers et de marquer le pas devant la boutique du luthier. Une enseigne de cuivre prenait le soleil au-dessus de la vitrine, à cette époque-là dépourvue de vitres. Au fond de l'atelier, penché sur l'établi, le bonhomme Antoine grattait de petits morceaux de bois. Plus près, devant l'ouverture, un gamin d'une dizaine d'années soufflait à en pleurer sur un *scaldino*, petit récipient de faïence rempli de braise, surmonté d'un pot de colle d'où s'échappait une fumée blanche à odeur de corne roussie. Parfois, une voix de femme s'époumonait en stridentes imprécations dans les entrailles de la maison. Un nourrisson piaillait à l'étage. Un chien jappait plaintivement quelque part. Le bruit du grattoir se poursuivait, méthodique et léger, au rythme d'un balancier d'horloge et, à l'entendre se répéter inlassablement égal à lui-même, on aurait été tenté de croire que ce festin de souris durait depuis le commencement du monde et ne s'achèverait qu'avec la fin des temps.

Notre luthier affinait une table ou un fond, creusait une voûte ou nivelait une éclisse, indifférent aux événements capables de l'en distraire.

Il m'arrivait, au retour du palais, de repasser par la ruelle. Tant qu'il faisait jour, le bonhomme grattait du bois. Se fût-il interrompu au son du canon ? La question n'était pas oiseuse. Les guerres que nous eûmes sur la ville ont apporté la preuve que non. Quand l'odeur de poudre rendait l'air irrespirable au ras du sol, le luthier emportait son ouvrage au séchoir sous le toit où le vent entrait librement, le temps que la folie s'apaise. Que dirais-je encore à ce propos ? Le bonhomme Antoine est mort ainsi, à son établi, le grattoir à la main.

L'image conventionnelle d'un artisan appliqué se forme à ma vue et sous ma plume, mais ne rend pas vraiment compte de la réalité que je prétends fixer. Il y avait assurément de longs moments dans la journée où le bonhomme Antoine lâchait ses outils pour diverses raisons, et ce serait abusif de le présenter comme une mécanique conçue et montée pour gratter du bois. Quand je me fus approché de lui et que je le connus mieux, ce qui n'était pas facile car il n'y encourageait guère, je sus bientôt à quel point l'apparence contrariait ici le sens de la création.

Ce que j'avais pris à courte vue pour du grattement

était en vérité des caresses. Par-delà l'élaboration de la forme, le geste visait à rendre la matière consentante, complice d'un projet imaginaire dont la main se posait comme médiatrice. Il faut, selon les cas, entre soixante-dix et quatre-vingt-cinq pièces de bois divers pour façonner un violon, en gros moitié moins que d'os dans un être humain, et chaque fragment est à considérer comme un objet fini, et la part infinie d'un tout.

Je ne suis pas certain que l'analyse que je fais ait été clairement présente dans l'esprit du luthier. Il ne paraissait point s'embarrasser de théorie. Il allait sur son projet comme le chien sur une piste. D'instinct ? Pas plus que le mot, la chose ne convient à cette démarche entre sûreté et incertitude. Intuition conviendrait mieux. Ce qu'il a fallu d'abandons et de ratages, de naïvetés et de ruses pour parvenir à ce degré, seul un artisan appliqué pourrait le mesurer. Mais le bonhomme Antoine ne s'y était pas arrêté. Il était sans doute passé par là, mais l'obstination l'avait poussé à aller où nul ne va. Je propose timidement le mot dialogue. Notre luthier noyait le bois dans un discours sans voix, il le flattait, le rassurait, l'interrogeait, et le bois devenait tendre sous les caresses, et il répondait aux questions. Cette connivence profonde entre homme et matière, je ne l'avais pas comprise tout de suite, pas même quand nous fûmes devenus amis. Il a fallu que le bonhomme nous quitte pour que nous ayons le soupçon, et bientôt la certitude, que les morceaux de bois qu'il avait abandonnés n'avaient plus désormais avec qui parler.

Pourtant, sur les onze enfants qu'il eut, deux fils lui succèdent dans le métier, deux vieillards exténués et apeurés qui prétendent à la paix et à l'oubli. Je les avais toujours considérés un peu de haut, tant ils tenaient peu de place aux côtés de leur père, tant ils se fondaient dans le silence de l'atelier où seul le dialogue avec le bois semblait toléré. Que le luthier eût été avare en paroles — comme il était avare en tout —, cela s'expliquait : il avait trop à dire ici pour s'accorder des mots inutiles ; au reste, il ne s'exprimait qu'en dialecte lombard dans la variante la plus étroitement collée à la province de Crémone, et s'il entendait l'italien, il ne répondait que fort maladroitement dans cette langue ; quant à l'espagnol, le français et l'allemand très répandus dans la société crémonaise, il les ignorait.

Eux, les fils, se taisaient comme des mutilés du langage. Il est à supposer que dans un premier temps le mutisme leur était prescrit. Aucun son étranger ne devait troubler le dialogue essentiel qui s'établissait ici pendant des heures entre l'homme et la matière. Pour entendre les réponses du bois, le bonhomme Antoine avait besoin de ses oreilles, et un geste du doigt suffisait pour que les opérations s'enchaînassent dans un déroulement satisfaisant.

A force de n'en pas user, les deux fils avaient dû perdre l'usage des mots et s'étaient laissés glisser dans le silence. Ils n'étaient point muets. Ils ne parlaient pas parce que cela ne parlait pas en eux. Ils disaient oui, non, peut-être, et formaient des grognements à peine significatifs ; quant aux chiffres, selon la mode crémonaise, ils les inscrivaient à la craie sur l'ardoise. Quand j'eus pris la décision de composer ce livre sur leur père et qu'il me fallut reconnaître combien peu j'étais informé sur lui en dépit d'une fréquentation qui s'étendait sur près d'un demi-siècle, je m'aventurai à solliciter le témoignage des fils, et ma déconvenue fut grande de constater qu'ils n'en savaient guère plus que moi. Une question aussi élémentaire que celle de l'âge ne put faire l'accord. L'aîné, François, soutenait que son père n'avait pas moins de 95 ans au jour de sa mort, et c'est cette déclaration qui avait été retenue pour le registre de la paroisse ; le cadet, Bonhomme, s'obstinait sur le chiffre 93 ; quant à deux autres fils sortis de la maison, l'abbé Alexandre et Paul le marchand de drap, l'un fixait son estimation à 87, et l'autre ne s'en souciait pas.

Sans être pointilleux, un biographe serait en droit d'exiger plus de précision. Que le bonhomme Antoine eût atteint 87, 93 ou 95 ans, on peut sauter le détail et se contenter de l'assurance qu'il a eu la vie longue. Mais l'imprécision touche ici à l'origine de notre personnage, à l'année et au lieu de sa naissance, à la position de ses parents, à son bagage héréditaire et à son imprégnation culturelle, et il faut bien admettre que sur ces points on eût aimé en savoir davantage.

Sur ces lacunes, l'imaginaire s'exercerait sans profit et sans secours. Force nous est de constater que si notre luthier est sorti du monde sans rien transmettre de son art, il y était entré sans rien apporter de sa généalogie.

Mais non sans antécédents, et non sans conséquences. Il en sera fait mention tout au long de cette évocation. Graine de prophète, le bonhomme Antoine n'en fut pas moins un élément d'histoire, une part infime et finie d'un projet pour l'heure infini. Mourant sans cesse, l'homme n'en finit pas de naître. Nous, les sursitaires, butons contre la pierre scellée d'un caveau, et déjà le souvenir s'estompe. Ma tardive résolution ne vise pas à donner du faiseur de violons le portrait figé qu'aucun dessinateur ou peintre n'a jamais entrepris, mais de le faire revenir parmi nous parce que là est sa place.

Au temps où le jeune Antoine, juste sorti de l'enfance, commençait son apprentissage chez maître Nicolas — l'information est sûre et confirmée par l'intéressé —, le XVIIe siècle entamait hardiment sa seconde moitié. Crémone se résignait à être espagnole, et se morfondait entre les visites de la peste. Un Italien avantageux en robe de cardinal faisait saigner les faubourgs de Paris et dévaster les terres de Lorraine. Au Louvre, un adolescent ingambe s'exerçait dans l'art de la galanterie et au pouvoir royal sans partage. Si Dieu a pu se faire homme, pourquoi un monarque ne se ferait-il pas Dieu ? Plus près de nous, Florence prenait ombrage de l'insolence des banquiers huguenots au nord de l'Europe, et Venise s'étourdissait sous les masques qui lui cachaient sa misère. Et à Rome, le jésuite de service au confessionnal du pape instillait dans l'oreille de Sa Sainteté que seul de tous les puissants l'empereur de Vienne était en mesure de contenir les mécréants et de mater les mécontents.

Il est évident que le conflit qui s'affirme est celui du pot de terre contre le pot de fer, et qu'il n'est pas près de s'achever. Sur ce continent mangé par la détresse flottait le grand pavois aux couleurs du bon plaisir. Une société vaut aussi par le bruit qu'elle fait. Celle-ci se donnait bonne contenance en choisissant que ce bruit devait être agréable. Partout où cela se pouvait, on chantait, on dansait, on pinçait et frottait des cordes. La musique devenait le signe distinctif par où se reconnaissait le monde de qualité : elle réjouissait le cœur, purifiait l'esprit, élevait l'âme. D'aucuns affirmaient qu'elle était capable de guérir quand la médecine ordinaire et même extraordinaire échouait. Rien de tel qu'un madrigal pour chasser l'atrabile ou tarir une humeur peccante. On raconte que le duc de Parme ne va jamais à la garde-robe sans s'y faire accompagner d'une viole et d'un tambourin, et les castrats napolitains se louent ou se vendent fort cher aux princes comme remède souverain contre la mélancolie.

Il y eut, en fait, deux sortes de musique : la première pour le salut dans l'au-delà, la seconde pour le bien-être et l'agrément sur terre. Ce siècle, qui pousse si fort à la division s'applique aussi à rapprocher ces deux genres. On vivait, on vit encore dans l'attente d'un compromis par lequel, genres confondus, la musique ne serait plus que musique.

Qu'est-ce qui allait inciter un garçon de dix ans à vouloir devenir faiseur de violons ? Ce métier n'est

pas commun, assurément, et implique des détermina-
tions sérieuses. De la grande farandole qui courait de
monastère en couvent et d'abbaye en Cour sur les
routes d'Europe jonchées de cadavres, l'enfant ne pouvait rien connaître. L'opéra de Naples, la symphonie
de Venise, les concerts de chambre chez le duc de
Mantoue n'avaient point d'écho dans nos murailles.
Sans doute, dans les quarante églises de la cité, dont
aucune ne disposait d'un instrument à clavier, la liturgie dominicale était soutenue par deux ou trois violons
ou violes, et nos petites académies de musique veil-
laient à former les exécutants en nombre suffisant.
Ceux-ci donnaient juste le ton, et leurs raclements ne
portaient à personne l'envie de les imiter.

Branler les cloches ou gratter des cordes, c'était tout
un, la charge sautait rarement hors des familles qui
s'y dévouaient et, de toute manière, ne remuait pas
beaucoup de personnes. Il n'y avait point de salle pour
le théâtre chanté dans Crémone. Les maisons patriciennes où l'on invitait encore à des soirées aux chandelles se faisaient fort rares depuis que l'épidémie
rôdait ; c'est devant un public d'initiés et peu nombreux que l'épinette ou le quatuor cherchaient à se
faire entendre dans le murmure des conversations
à mi-voix. Clairement dit : la musique aime les puissants et les riches et, manifestement, ne nous aimait
guère. Monteverdi, résolu à suivre sa voie, ne trouva
pas à s'employer chez nous et dut s'exiler.

Si ce n'est la musique, qui ou quoi donc a poussé

l'enfant Antoine dans les instruments à cordes ? Nous ne savons rien de sa famille, mais la chose est sûre qu'il n'y eut jamais de luthier. De par des impératifs liés à l'organisation interne de cet artisanat, celui-ci se propage habituellement par contagion familiale. C'est parce qu'un neveu et élève de maître Gaspard, de Brescia, était venu s'installer à l'aube du XVIᵉ siècle dans notre ville que le violon prit domicile à Crémone. Après quatre générations, le bourgeon s'était à ce point ramifié que la paroisse Saint-Dominique était devenue la première place d'Italie et peut-être du monde en matière de lutherie. J'eus maintes fois l'occasion de vérifier que les mots violon et Crémone s'étaient si intimement associés qu'on pouvait être tenté de les utiliser l'un pour l'autre. La qualité de nos instruments méritait sa réputation auprès des amateurs de belles sonorités, et la Cour de France, celle d'Angleterre et celle d'Autriche n'hésitaient pas à nous passer d'importantes commandes de tous formats.

Mais la réalité du nombre suit loin derrière la réalité des faits. Cette activité-là tournait dans un cercle à la fois confidentiel et restreint. Il n'y eut jamais plus de vingt-cinq à trente personnes dans Crémone attachées à la confection des instruments à cordes, et la production annuelle avait peine à atteindre la centaine d'exemplaires. C'est dire le peu de place que la lutherie occupait dans la ville, et des milliers d'habitants, même proches voisins de la paroisse Saint-Dominique, à plus forte raison ceux qui habitaient hors les murs, pouvaient ignorer l'existence de ce glorieux artisanat. Or, il est à peu près établi que le jeune Antoine arrivait de la campagne. Par quel signe avait-il eu à connaître la lutherie ?

Ses fils, bien entendu, ne pouvaient répondre ; et il était trop tard pour poser la question à l'intéressé. Je crois cependant me souvenir d'une bribe de confidence ici ou là, accordée du bout des lèvres, lâchée par distraction. Pendant les années d'apprentissage, le jeune Antoine avait détesté la lutherie. Dans le temps où s'oriente une existence en formation, c'est la peinture à fresque qui l'avait appelé. Il se voyait hissé tout en haut dans les églises, couché sur le dos, la réserve de pinceaux entre les dents, à donner forme et couleur à des enfants ailés. Peut-être rêvait-il de se donner à lui-même des ailes ?

C'était singulier que d'entendre cet homme déjà vieillissant dont la production faisait la dilection des princes évoquer sa nostalgie d'un état de grâce auquel il avait dû renoncer. Par veto des parents, sans doute. La peinture de chevalet se substituait de plus en plus à la peinture à fresque, la Réforme qui ébranlait l'Europe menaçait gravement l'existence même des enfants ailés, cela risquait d'être une position de crève-la-faim, on comprend que des parents soucieux aient hésité. Mais je tiens pour possible que l'enfant Antoine ne se soit jamais ouvert à personne de son secret. Rêve reconnu et choyé, oublié, repris, signe qu'aucune eau ne désaltère vraiment, qu'aucune nourriture ne rassasie vraiment, preuve que nous sommes faibles et faillibles, jouets de forces qui nous dépassent dans tous les cas.

Si j'ai bien compris et retenu ce qui m'a été donné d'entendre, le choix d'Antoine s'était fait par hasard. Un matin, sa mère l'avait conduit en ville — que faisait donc son père à qui ce rôle eût incombé ? — et l'avait présenté à maître Nicolas, lequel avait fait savoir par voie d'affiche qu'il cherchait un apprenti « pas trop bête et pas trop maladroit, ayant du goût pour un métier de qualité ».

« Es-tu celui-là ? » avait demandé le vieux luthier. L'enfant s'était tu, ce qui passa pour un acquiescement. La suite de l'affaire fut vivement expédiée. La famille d'Antoine aurait à payer selon l'usage dix ducats la première année, huit la deuxième, et six la troisième. A partir de la quatrième année, l'apprenti était supposé assez dégrossi pour rendre des services équivalents à son entretien.

Antoine dit adieu à sa mère qui s'en retourna d'où elle était venue. A un peu plus de dix ans, il se voyait seul au monde.

Qu'un tel début ait été assombri par de mauvaises pensées, je n'ai aucune peine à l'admettre. Cela laisse supposer que l'histoire de la peinture à fresque aurait pu être inventée après coup dans le ressentiment. Je puis, sans peine aussi, imaginer le quotidien d'un apprenti vers 1654 ou 1655, cela dans n'importe quel corps de métier, parce que les conditions sont restées inchangées. Hormis dans les prêches, un homme ne vaut pas l'air qu'il respire ; un enfant n'en vaut pas le dixième. Il en meurt tant, de maladie ou d'accident, et il n'en coûte pas trop d'en refaire.

Il n'y a pas lieu de s'apitoyer sur la position particulière du jeune Antoine dont le sort était par trop commun. Lever avant l'aube. Coucher après extinction des chandelles. Nourriture chichement mesurée où dominait la soupe au pain à un *sol*. Dernier arrivé, et maintenu au plus bas de l'échelle des apprentis, Antoine était soumis à des ordres qui fondaient sur lui de toutes parts et sans contrôle. Il lui fallait être partout et nulle part, balayer, nettoyer, briquer, ranger, aller en courses, aider à la cuisine et au service, essuyer rebuffades et taloches qu'il eût le cœur d'en pleurer ou d'en rire, tout cela sans le moindre répit et dans l'ennui de sentir le temps stagner.

Apprenait-il quelque chose ? Sans doute : à se durcir les sens et les muscles, à muscler sa voix et ses rancunes, à accumuler des vœux et des espérances. De son « métier de qualité », rien qui valût sa douleur, pendant toute une année, et plus. Il voyait bien la répartition des tâches dans l'atelier, l'ordre rigoureux des opérations fragmentaires, l'affinage, les assemblages, la mise en couleur et le vernissage, et enfin la mise en son qui achevait la métamorphose d'une planche de bois brut en un objet délicat qui réjouissait la vue et promettait encore mieux de réjouir l'ouïe. Il voyait et ne voyait rien parce que personne ne l'invitait à regarder, à humer, à toucher, à participer de quelque manière que ce fût à l'œuvre commune, tandis qu'il était abondamment houspillé parce qu'il ne blanchissait pas assez vite le fil d'un rabot ou tardait à ramasser des copeaux d'érable tombés à terre.

De ce qu'il était convenu qu'il apprendrait aussi en lettres et sciences, rien ne lui était enseigné. Rien en musique, qui était la raison d'être du métier qu'il s'engageait à pratiquer. En revanche, il apprenait à dissimuler si ce n'est à se dissimuler, à mentir souvent, à chaparder parfois, de la nourriture quand il y en avait de reste, et de menus objets échoués par malice et par plaisir. En vertu des principes dont il était imbu, il se sentait aller irrémédiablement sur le chemin de la perdition, bien décidé à y aller d'un bon pied.

Un demi-siècle plus tard, quand il lui arrivait d'évoquer ces années-là, sa voix ne trahissait qu'un peu d'émotion dénuée d'amertume ou de regret. Il n'était pas concevable qu'un apprenti, fût-il « pas trop bête et pas trop maladroit », pût être traité autrement. Antoine rampait dans un goulot par lequel il lui fallait passer. Lui aussi subissait une métamorphose, à l'instar de l'insecte ailé emprisonné dans son cocon. Son futur état ne lui faisait pas encore signe, et il ne souhaitait pas qu'il le lui fît parce qu'il n'en avait pas l'idée, tout comme la chenille ne peut avoir l'idée du papillon qui est déjà en elle. Mais la fermentation opérait sans doute dans le secret des fibres. Antoine était accablé, fatigué, malheureux ; cependant, jamais il ne songea à la fuite. Retourner au bercail était possible. S'aventurer sur les routes était possible. Se donner la mort, cela aussi était possible, et combien de jeunes gens dans sa condition y ont rageusement songé ! Lui, non.

Peut-être était-il convaincu que son destin devait se sceller là où il avait été placé par une mère heureusement inspirée ? Il n'apprenait pas ce qu'il avait à connaître, en grande partie parce qu'il n'en avait aucune envie. Quelle dérision que de passer son existence à fignoler des petits morceaux de bois pour confectionner des jouets destinés à l'amusement des saltimbanques et des moines dévoyés ! D'aucuns disent qu'il n'y a pas de sot métier ? Je n'en connais point d'autre, ou si peu ! A la fin de la première année d'apprentissage, maître Nicolas écrivit dans le carnet d'Antoine : « Garçon distrait et ombrageux, d'intelligence fruste et peu doué pour la lutherie d'art, trouvera peut-être sa voie dans la fabrication des étuis. » Antoine lut l'appréciation, et pensa qu'elle était juste.

Car c'était un excellent homme, Nicolas le luthier, quatrième de ce nom, de haute réputation. De tous les membres de sa foisonnante famille engagés avant lui dans ce même métier, il était de l'avis unanime le plus talentueux et le plus efficace. Andréas, l'ancêtre, eut l'intuition d'ajouter au violon une quatrième corde, inexistante ou inutilisée jusqu'alors, et d'amplifier le volume sonore des graves grâce à l'invention de la barre d'harmonie. Ces modifications peuvent paraître dérisoires ; elles étaient capitales pour l'avenir de l'instrument dont la gamme ainsi élargie et enrichie couvrait désormais ce qui pouvait passer pour un registre complet.

Le violon de Crémone, le premier en date, c'était celui-là, et on n'en fit plus d'autre dans le monde, tant l'invention de maître Andréas s'était imposée en force. Restait à parfaire et à embellir la forme, et ce fut également l'œuvre du même. Le modèle ainsi créé résultait de l'aboutissement d'innombrables tâtonnements, d'essais plus ou moins bien engagés, d'échecs manifestes et de demi-réussites sans lendemain. Un palier de perfection semblait ainsi atteint. Assemblés à plusieurs dans les formations de musique de chambre, renforcés par d'autres cordes comme les violes de bras et les violes de jambe dans les orchestres qui soutenaient l'opéra italien, les violons de Crémone dominaient sans conteste dans tous les genres en faveur. Un siècle de cette domination valait à maître Nicolas un cahier de commandes abondamment garni pour des mois sinon des années d'avance, et l'autorisait à vendre ses produits quatre fois plus cher que les violons issus d'autres ateliers, en provenance d'autres villes d'Italie, de France ou d'Allemagne.

L'avis d'un tel maître ne pouvait être minimisé. Le jeune Antoine « pas trop bête » se soumit à l'arrêt sans plus de réaction qu'il n'en eut contre les abus et vexations qu'il avait précédemment endurés. Il n'était pas en position de se plaindre ou de réclamer. Faire des violons, ou faire des étuis, quelle différence ? L'un n'allait pas sans l'autre. Un nouvel apprenti avait été engagé, à qui échut le plus gros des corvées de routine. Antoine fut mis au capitonnage des caisses. On lui montra à placer la bourre et les découpes de soie. Pendant des mois, tant qu'il y avait à capitonner, « pas trop maladroit », il capitonna.

Un événement, banal en soi, allait rompre cette monotonie. Par un chaud matin d'été, un singulier personnage emperruqué, parfumé et poudré, tout boudiné de rubans et de dentelles, fit une entrée quelque peu raide dans l'atelier. Aussitôt, maître Nicolas se jeta au-devant de l'inconnu en se confondant en révérences et courbettes. On sut bientôt que le visiteur n'était autre que l'illustre Cavalli, maître de chapelle en second à Saint-Marc de Venise, disciple de l'illustrissime Monteverdi, qui s'était dérangé en personne à la faveur d'une vacance pour choisir quelques violons dont la basilique avait ressenti l'urgent besoin. Le luthier fit décrocher ce qu'il avait de plus achevé en instruments finis. Cavalli loua vivement la qualité de l'ébénisterie, le chaud velouté du vernis, demanda un archet, et porta l'un des instruments à son épaule. Et soudain, Antoine eut le sentiment que l'atelier avait éclaté et que le ciel tout entier s'y était précipité. Le garçon manqua de perdre l'équilibre, s'accrocha au *scaldino* et renversa le pot de colle laquelle se répandit sur l'établi. Un coup de coude bien ajusté de maître Nicolas le remit d'aplomb, mais il dut se mordre les lèvres pour ne pas gémir car il avait reçu une cuisante giclée sur les doigts aux deux mains.

La brûlure était supportable. En revanche, ce qu'il entendait était quasiment insupportable. Après avoir tiré quelques accords et arpèges de l'instrument, le musicien s'était engagé dans un morceau lent entre-coupé de passages rapides d'une exécution sublime, et un sentiment de grand bonheur entra soudain dans Antoine. C'était donc cela, le violon ? Cette chose qui se faisait sous ses yeux depuis si longtemps, dont il devinait vaguement la destination sans jamais en avoir pressenti la véritable fonction, cette voix comparable à rien, mélange de feu et de miel et cascade de lumière, c'était cela ? Il ne devait pas avoir l'air fin, Antoine, car il y eut des rires autour de lui, et le dernier à rire ne fut pas Cavalli quand il eut déposé l'instrument. « Cela t'a plu, petit ? » demanda le Vénitien avec suffisance. Le garçon ne put répondre, occupé qu'il était à souffler sur ses doigts. Comme d'habitude, son silence passa pour un acquiescement. C'était tout son être qui acquiesçait, une promesse qui se formulait, un pacte qui se scellait. Dès ce moment-là, Antoine sut que, le temps venu, il ne ferait pas des étuis, mais des violons. Il sut aussi pourquoi il les ferait.

Deux ou trois semaines de répit, à cause ou plutôt grâce à la sanie suintant des chairs mises à nu par les brûlures. Détaché, Antoine ressentait comme un bienfait le loisir de traîner dans l'atelier, près des tâches et loin des rebuffades. Tel petit maître dégrossissait une tête à la gouge ; tel autre pliait des éclisses au fer chaud. Maître Nicolas avait l'œil partout ; mais il semblait ne pas voir Antoine, présent et absent, toléré et rejeté, inutile donc inexistant. L'état d'esprit était — et l'est encore de nos jours malgré l'éclairement de la raison — que la maladie a partie liée avec la malédiction, et que rien de fâcheux ne survient que Dieu ne l'ait expressément voulu. Dans Crémone, cinquante robes de médecine face à un millier de robes d'Eglise, la partie était par trop inégale, et la loi du ciel s'exerçait sans conteste et sans recours. Antoine était puni ; il avait donc gravement péché. Dieu n'avait pas pardonné ; comment l'homme oserait-il ? Tant qu'il porterait le signe de la malédiction sur soi, le garçon devait être tenu à distance, frappé d'interdit. Ce n'était pas un enfant blessé et infiniment fragile qui passait de l'un à l'autre entre les tables, c'était un courant d'air vicié. Antoine n'en avait cure, tant il était solidaire de l'opinion en cours. Il voulait voir de près comment se faisait un violon, et il voyait.

Ce n'était rien d'autre qu'une caisse de résonance en bois tendue de quatre boyaux torsadés. Il n'y avait pas et ne pouvait y avoir de secret. L'objet se montrait au grand jour sous toutes ses faces, sans rien dissimuler de son anatomie. Si tel violon était médiocre, et tel autre sublime, la différence provenait de la qualité des matériaux employés, de la précision et la finesse du travail dispensé, et de quelque chose en plus qui était dans l'inexprimable état de grâce de l'artisan. Mais, comme la personne humaine, la personne du violon ne se révélait que lorsque les jeux étaient faits. Quel père n'eût voulu engendrer Michel-Ange ou Galilée ? Le sublime ne se laissait pas commander, il venait de surcroît et sans effort particulier quand la table était dressée pour le recevoir. Participer à la confection d'un violon était dans tous les cas tirer une traite sur l'avenir. Longtemps après avoir quitté les mains de son facteur, l'instrument continuait à se parfaire. Pourquoi telle essence de bois plutôt qu'une autre, telle forme plutôt qu'une autre, telles dimensions plutôt que d'autres ? Ces questions formulées par Antoine restaient sans réponse parce qu'il n'y avait pas de réponse à donner. Les compagnons le considéraient d'un regard distrait et sévère, et la réprobation ne s'adressait pas seulement à ses doigts suintants. Ce que le garçon demandait là n'avait pas de sens. Maître Gaspard, de Brescia, avait eu l'impudence de se dire « inventeur du violon », et c'était pitié, autant que vulgaire mensonge. Si quelqu'un ou quelque chose a inventé le violon, ce fut l'humanité tout entière. Tel ou tel des inventeurs n'aura été que l'instrument du destin. La recette venait de loin à travers les siècles, peut-être les millénaires, elle cheminait à côté de l'histoire des événements en direction des états de bonheur. Du calme, Antoine ! Tu en sauras peut-être un jour lointain un peu plus, mais c'est en toi qu'il te faudra trouver ce *peu* et ce *plus*. Pour l'heure, regarde, écoute, touche, et ne parle pas trop !

Il faut par exemple du sapin pour faire le dessus de la caisse, et non pas de n'importe quel sapin ! D'une variété particulière nommée épicéa qui pousse sur les pentes alpestres orientées au nord ou au nord-est. Et pas de n'importe quel épicéa ! Il faut que le tronc ait poussé droit, sans nœud et sans roulis, qu'il ait été libre d'étaler ses branches, et qu'il soit adulte de vingt-cinq ans pour le moins ; il faut que l'arbre ait été abattu au plus dense de l'hiver, et par une nuit sans lune, quand la circulation de la sève est réduite à presque rien. Il faut que le fût soit ébranché sans retard, débité en tronçons et fendu à la hache selon le droit fil des fibres. Les planchettes ainsi obtenues doivent être mises au séchage dans un lieu aéré pendant dix à vingt ans selon les climats. Une seule malfaçon, et le résultat est compromis si ce n'est que le matériau devient impropre pour la lutherie. On ne fait pas des violons avec du bois de chauffage. Penses-tu encore à demander pourquoi ? Tu te laisses guider dans ce labyrinthe par le fil d'Ariane déroulé par la tradition, ou tu t'égares. Ce n'est qu'au bout du rouleau que tu pourras te risquer, si tu en as le courage et le goût, à chercher ta propre voie. Sommes-nous d'accord sur ce point, Antoine ?

Pour qu'il ne fût pas dit qu'il usurpait le pain pendant les semaines où il ne pouvait se rendre utile, Antoine fut envoyé en commissions sans que l'heure lui en fût mesurée. Le plus souvent, ces courses visaient au réapprovisionnement en huile d'aspic, résine de sang-dragon, sandaraque ou essence de térébenthine qui entraient dans la composition du vernis, et conduisaient auprès du *minente* Alfandari, l'apothicaire-droguiste dont l'officine tenait l'angle de la contre-allée des Mages.

Une pinte de sang morisque, et le port et la vêture à la mode espagnole conféraient au personnage un air à la fois singulier et fascinant. Alfandari fut le premier à s'apercevoir que les brûlures du garçon avaient besoin de soins. Il y alla d'une demi-once de baume à la jusquiame, et d'un pansement à la charpie habilement noué, sans tenir compte des protestations d'Antoine que celui-ci n'avait pas de quoi payer. Ce mouvement de charité chrétienne venant d'un homme qui passait pour être à moitié mécréant eut un effet inattendu : à mesure que l'apothicaire-droguiste lui liait les doigts, Antoine laissa se délier sa langue, et quelque chose comme de l'amitié se glissa entre ces deux êtres que par ailleurs tout séparait. Antoine eut-il le sentiment d'apercevoir le reflet du père qui lui manquait ? Le marchand fut-il ému par l'état d'abandon dans lequel il voyait Antoine ? On convint que le garçon viendrait se faire panser tous les jours sans qu'il lui en coûtât un sol, et la proposition était faite de telle manière que l'orgueil du pauvre n'eût pas à en souffrir. Antoine se fit la promesse à part soi que le premier violon qui sortirait de ses mains serait pour l'apothicaire-droguiste, et je puis révéler qu'il tint cet engagement.

Un peu physicien et un peu chimiste, un peu astrologue et un peu poète, Alfandari était de ces hommes qui ont pris la mesure du monde pour avoir connu la peine d'aller le regarder de près. Il avait traîné ses chausses par tout le littoral africain jusqu'en Egypte et au-delà, par Ceylan et le continent indien, la Caspienne et la Perse, avant d'échouer à Crémone où il se plaisait du reste fort. Il se vantait de comprendre quatorze langues, et je ne tiens pas pour impossible qu'il eût dit vrai. Moi aussi, je l'ai un peu connu, ses vitrines à corniches en bois sculpté, le clair-obscur de son officine où dominait l'odeur doucereuse et âcre des épices sur un amoncellement de flacons, pierres à cristaux, vases de bronze et cornues ventrues à col de girafe, et c'était merveille de voir le marchand se retrouver dans ce fatras.

C'était merveille aussi de l'entendre raconter les histoires dont sa tête semblait pleine. Il avait une façon de rire bien à lui, pareille au gloussement d'une volée de basse-cour, tandis qu'il plissait ses paupières translucides et, de ses doigts noueux, lissait sa barbe en pointe. Pour couper court, je puis révéler qu'il fut embroché par un soudard du prince Eugène quand celui-ci faillit arracher la ville aux Français. Aujourd'hui, l'officine est tenue par un de ses neveux qui ne fait pas autrement parler de lui.

Quand les plaies d'Antoine furent en bonne voie de se couvrir de nouvelle peau, Alfandari l'invita dans son cabinet à boire du chocolat et lui montra quelques trophées ramenés de ses voyages, en particulier un *r'bec* originaire de Barbarie. « Vois-tu, expliqua l'apothicaire-droguiste, ce genre d'instrument composé d'une calebasse évidée et d'un manche, avec une, deux, trois, quatre ou cinq cordes selon les régions, est très répandu dans le monde. On en trouve partout, jusque chez les plus sauvages. Il n'y a que deux manières de produire des sons, ébranler une colonne d'air ou faire vibrer un matériau flexible, et les deux modes se partagent les faveurs en tous lieux. Pourtant, ce *r'bec* grossier et les merveilleux violons que fait ton maître sont de la même famille, l'un contenu dans l'autre, à peu près comme la paysanne sortant du bain qui a servi de modèle à Botticelli pour peindre *la Naissance de Vénus*. Note bien la différence capitale qui casse la ressemblance : l'instrument que voici est d'origine populaire et réjouit le peuple partout où il est en usage, tandis que les violons de maître Nicolas vont aux banquiers, aux évêques et aux princes, qui accaparent et retiennent pour eux ce qu'il y a de meilleur, avec l'air de croire que cela va de soi, et il faut bien reconnaître que cela ne va pas de soi. Il y a là quelque chose qui me dérange, et j'aimerais que cela te dérange aussi. Il se peut bien que les temps à venir y mettent bon ordre, et il n'est pas impossible que tu voies ce jour arriver. »

A l'époque où ces paroles furent dites, elles n'eurent guère d'effet sur la sensibilité d'Antoine. Il ne trouva rien à redire au fait qu'il y eût quelques riches et beaucoup de pauvres, le monde était ainsi partagé, à n'en pas douter selon la volonté de Dieu. A considérer ce que le monde voulait bien montrer, l'intelligence et le talent ne prospéraient pas au hasard, et se glissaient par nature plutôt dans la soie que dans le chanvre. Le banquier était plus cher à Dieu que le mendiant, l'évêque que le curé ou le moine, le prince que le bourgeois ou le paysan, et c'est pourquoi ils étaient banquier, évêque, prince. La science, les arts ne pouvaient trouver meilleur appui que la fortune. Ce qu'il fallait de temps et d'argent pour s'instruire ! Ce qu'il fallait de richesse pour s'approcher des œuvres d'exception ! Que chacun eût un accès égal aux biens de ce monde, cela ne se pouvait, faute de biens à suffisance ; et que personne n'y eût droit, faute d'élus de la fortune, cela mutilerait la vie. Tel que s'ordonnait le partage, pensait Antoine, le contentement et les convoitises s'équilibraient en bonne justice.

Comme il s'en revenait par les ruelles où picoraient des volailles, il vint à longer le palais Biotti au large front de pierre quasiment dépourvu d'ouvertures. Une forte herse de fer en interdisait l'accès, et au bout du vestibule dallé, une grille de rappel clôturait la cour carrée bordée de portiques soutenant des loggias peintes à fresque. Il n'y avait pas quinze jours qu'Antoine était entré dans ce repaire pour livrer deux violons commandés par dame Angèle, maîtresse du lieu. Veuve à dix-huit ans du gonfalonier Biotti enrichi dans le commerce des antiques et mort à temps pour la sauvegarde d'une fortune ébréchée, dame Angèle eût fait piètre figure sur le Grand Canal où elle eût été rangée parmi les *barnabotti* [1], tandis qu'elle avait encore de quoi briller à Crémone où elle s'était retirée. Instruite et cultivée comme le sont souvent en Italie les femmes de son rang, elle tenait académie dans son palais, et tout le gratin des robes de justice, de médecine et de la cléricature était admis à fréquenter ses salons. On y jouait aux tarots français comme à Versailles, à la boule napolitaine comme à Madrid, aux petits papiers comme à Schönbrunn, et les plus

1. Noble plus ou moins ruiné.

46

belles voix de nos capitales et les meilleurs ensembles instrumentaux de la péninsule y étaient appelés pour la dilection des invités.

Il n'y avait pas de semaine pendant la durée du carnaval, lequel s'étirait sur six mois et davantage, qu'il n'y eût une ou deux soirées de gala au palais de la veuve Biotti. Elle ne se prévalait d'aucun titre nobiliaire sclon la coutume dans le Nord de l'Italie ; porter le nom de Tiepolo, Sforza, Dandolo, Medici, Biotti, cela suffisait à fixer le rang. C'est aussi pourquoi clle restait confinée dans le veuvage, car elle n'était pas sans attrait. Libre, et libérée des préjugés, elle ne cachait pas ses nombreuses aventures et affichait volontiers ses amants quand ils étaient présentables.

La première entrée d'Antoine au palais Biotti lui laissera un souvenir ébloui. Passant du concierge en uniforme à un laquais en livrée, il eut à parcourir d'interminables couloirs dallés de marbre et veillés par des divinités en pierre, des salons dorés aux murs surchargés de toiles peintes, des cabinets éclairés par des lustres à cristaux, avant d'être, dans un boudoir tendu de velours grège, en présence de dame Angèle qui l'attendait. Elle devait en ce temps-là approcher de la trentaine. De taille menue, le visage rond à la peau très blanche avec une ombre légère de duvet sur la lèvre supérieure, le cheveu noir haut levé à la mode française, elle était serrée dans une ample *mantelline* brodée du plus bel effet. Antoine n'aurait pu imaginer qu'un tel être pût exister sur terre. Elle prit les deux violons sans faire de commentaire, invita d'un geste à puiser dans un drageoir posé sur la table, caressa la joue d'Antoine raidi et muet d'émotion, et lui dit qu'il était joli garçon, ce qui lui fit monter le sang à la tête. Après quoi, il fut congédié, et reprit en sens inverse le chemin parcouru. Quand il entendit la herse retomber et se vit dans la ruelle de nouveau, il se surprit à penser qu'il venait pour la première fois de tomber amoureux, et qu'il allait être très malheureux.

Il n'eut pas à attendre trop longtemps pour être convaincu du contraire.

Il s'en fallait de quelques mois, d'une année au plus, qu'Antoine eût achevé sa croissance, et atteint la taille et le poids de l'homme adulte qui sommeillait en lui — d'un œil seulement, pour le dire comme je le ressens. Il était ainsi déterminé à se projeter en force et sans hésiter au bout de lui-même, et maint épisode de sa vie s'expliquerait après coup par cette exigence. Quand je le connus, il avait de peu passé la quarantaine, mais paraissait à ce point détaché des contraintes de l'âge qu'il aurait pu se présenter à son gré adolescent ou vieillard sans éveiller de soupçon. Pendant le demi-siècle qui suivit, je le vis à peine changer, trompant son monde, sinon son propre entendement. Qu'il vécût de la sorte, hors du temps, n'a rien pour surprendre quand on songe qu'il consacra son existence à manipuler de l'intemporel et à œuvrer pour un futur sans limites.

Il est par conséquent relativement aisé de cerner la silhouette du bonhomme Antoine, et de proposer de lui un portrait, toutes apparences confondues. Ce qui est surprenant, c'est que personne n'en eut l'idée de son vivant, sans doute parce que rien n'y incitait. Un faiseur de violons n'est en somme qu'un faiseur de violons, et celui-ci collait à la ville comme la bernique à son rocher, sans jamais bouger de son socle, sans jamais se décaler de lui-même, toujours pareil : à quoi bon fixer ses traits que chacun, s'il le voulait, pouvait aller voir sur place. Qu'il fût mortel était une pensée qui ne s'imposait pas, j'en témoigne. La force de l'habitude. Il semblait oublié du destin, et faisait oublier qu'il y eût un destin égal pour tous.

Il était de haute taille, plus haute qu'il n'est courant parmi les hommes de Lombardie, sa chair se souvenait peut-être d'une lointaine ascendance teutonique. Il avait la figure longue et maigre, ravinée par deux plis de part et d'autre du nez osseux et de la bouche large, les yeux rapprochés et engoncés sous d'épais sourcils broussailleux. Hormis ses femmes, personne ne le vit jamais qu'en tenue de travail : bonnet de coton sur le front, long tablier de cuir blanc, le couvrant du menton aux chevilles. Plus que l'ensemble de sa personne, ses mains tiraient le regard, nerveuses et fortes, aux doigts fuselés — des mains d'étrangleur, raillait mon frère l'abbé — et aux ongles tachés de résine. Tel il apparaissait du milieu de sa vie à sa mort, tel il devait déjà apparaître au moment où il s'éprit véritablement de son métier. « Jusqu'à ma treizième année, disait-il, je me suis ennuyé à l'atelier ; à partir de treize ans, je n'ai connu l'ennui que loin de mon établi. »

Ces paroles ne cessaient de tourner dans ma mémoire pendant que nous suivions sa dépouille à travers la placette, sur les soixante-douze pas qui séparaient son établi de son caveau ; à chaque pas que nous faisions, le bonhomme Antoine entrait plus avant dans l'ennui éternel.

De treize ans à dix-huit ans, cela fait en gros et sans lésiner deux mille journées. Est-ce assez dire que c'est le nombre nécessaire et suffisant pour digérer par la sueur un métier exigeant ? « Pas trop bête, et pas trop maladroit », bien que n'entendant point le grec, le bonhomme Antoine parvenait néanmoins à s'expliquer là-dessus. Imiter un geste isolé exécuté devant vos yeux est relativement facile, d'autant qu'aucun geste ne mérite d'être jugé seul. Reproduire ce geste dans la foulée et de mémoire à l'instant précis où son intervention s'impose dans un plan d'ensemble, est une entreprise contre nature qui ne peut réussir qu'au terme d'un dressage laborieux. Nous tenons le mot dressage en mauvaise part ; mais c'est bien de cela qu'il s'agit, et il n'y a pas de bénéfice à lui substituer le mot apprentissage qui n'atténue rien. Frapper une note désignée sur un clavier, c'est le geste simple ; exécuter une fugue dans la tonalité de cette note, c'est être sur le chemin de la maîtrise, et on n'y parvient qu'en remettant cent fois sur le métier l'ouvrage morcelé, meurtri jusqu'à ce que le corps l'ait

intégré dans sa mémoire, victoire trouble obtenue par
la conjonction du bâton et de la carotte, encore que
ces deux accessoires soient rarement nommés.

Deux mille fois, le jour se lève sur une tête lourde
et un corps moulu, sur un remords de la veille et une
inquiétude dans les heures à venir, sur une résolution
anéantie par une défaillance, et deux mille fois, la
nuit retombe sur ce champ de bataille sans rien promettre et sans rien apaiser. Est-ce du vice que de n'en
point ressentir d'ennui ? Si la carotte est abondante
et juteuse, si le bâton est court et emplumé ? Pourquoi
suspecterais-je le bonhomme Antoine d'avoir menti ?
N'est-ce pas ainsi que nous avons tous appris à
marcher droit, à parler, à lire, à écrire, à calculer,
par chance à un âge assez tendre pour n'en point
garder de ressentiment ? Cela pour déclarer que le
modelage d'une table de violon n'est ni plus facile ni
moins méritoire que de dire le droit romain ou de
disserter en philosophie, et si le bonhomme Antoine
était incapable de tracer trois lignes dans une lettre
sans offenser la grammaire, et s'il ignorait l'existence
de la métaphysique d'Aristote, il posait en revanche
des filets comme personne sans encourir le moindre
reproche, et c'est sans doute cela que le destin voulait
de lui.

La carotte d'Antoine, c'était son ambition. Remettre
à des dames Angèle des instruments de sa facture,
afin que d'illustres Cavalli vinssent de loin pour en
jouer. Le projet était clairement formulé dans son

esprit : égaler et, si possible, dépasser maître Nicolas ; être reconnu pour le meilleur luthier de Crémone, donc pour le meilleur du monde, et faire fi des honneurs et de la fortune pour la plus grande gloire de l'art qu'il représentait. Si la guerre et la peste voulaient bien y consentir. Si la chance allait se mettre de la partie. Si la matière acceptait de se plier à ce qu'il attendait d'elle. Le bâton d'Antoine, c'était que rien n'était sûr, pas même l'échec. Seul l'exercice, lassant, obsédant, lancinant comme une carie dentaire, était en mesure de plaider pour lui le moment venu. Il était donc disposé à se battre et, pour commencer, contre lui-même. Les journées eussent été doubles, il s'en fût accommodé, non par excès de zèle mais parce que rien d'autre ne pouvait autant le satisfaire que de progresser dans son travail.

Qu'il fût limité aux préparations et aux ébauches ne le rendait pas maussade. En lutherie, il n'y a pas de petite ou de grande besogne, il y a la besogne qui engage l'instrument fini à tous les degrés de son devenir. Ce qui n'est pas sapin dans un violon est érable, et ce qui n'est pas érable est bois d'ébène, essences importées de fort loin et d'un coût élevé dont le maniement implique un œil déjà exercé et une main déjà sûre. Une mauvaise morsure du rabot risquait de ruiner toute la pièce.

Maître Nicolas n'était pas mécontent de son élève. Quand Antoine eut quinze ans, il fut inscrit sur le registre de l'atelier pour une gratification journalière d'une lire milanaise. Le garçon versait l'argent intégralement dans son bas de laine.

Jamais il ne se laissa mêler aux jeux sous les arcades. En joyeuse compagnie, il ne s'amusait pas, et plus le ton montait autour de lui, plus il se renfrognait. Il reconnut devant moi qu'il considérait avec envie ceux qui étaient capables de s'étourdir à bon compte. Pour sa part, il était certain de n'y point réussir, et c'est pourquoi il préférait s'abstenir. Quand il avait du temps devant lui, il s'abîmait dans les planches à modèles, ou partait pour de longues promenades solitaires le long du fleuve. Une fois, il entra dans une taverne, constata qu'il avait le vin triste, et n'y revint plus. Un porc-épic, disait-on de lui dans le petit monde de la lutherie. Le bonhomme Antoine m'avoua qu'il en avait été peiné. Pourquoi s'occupait-on de lui qui ne s'occupait de personne ? Il avait à se préparer à investir la place qu'il s'assignait, et cette tension l'accaparait tout entier sans qu'il eût le désir de s'y soustraire. Porc-épic ? Le surnom était outrageant et n'arrangeait rien. Il ne prêtait même pas à rire. Cela rongeait quelque part dans les profondeurs. Cela fortifiait, à la longue. Un seul moyen de couper court : s'émanciper le plus vite possible.

Par un après-midi d'été, maître Nicolas envoya Antoine au palais Biotti pour y rencorder les violons dont certains boyaux avaient sauté. Comme la première fois, dame Angèle l'invita à puiser dans le drageoir, lui tapota la joue, et lui dit qu'il était joli garçon. A cause de la chaleur, elle ne portait ce jour-là sous la *mantelline* qu'une chair alanguie et parfumée. Antoine n'avait qu'une *camisiole* échancrée sur les épaules. Il tomba à genoux et bredouilla des paroles qu'elle ne pouvait comprendre ; cependant, elle en comprit le sens. Il se sentit enveloppé, entraîné, transporté, sans bien se rendre compte comment les choses s'enchaînaient de la sorte et pourquoi il éprouvait cette fatigue soudaine et cette irrésistible envie de dormir. En le congédiant, dame Angèle lui emplit les poches de dragées, qu'il sema sur le chemin du retour, non pas en souvenir du petit Poucet, mais parce qu'il ne goûtait pas les sucreries et ne savait personne à qui les offrir sans exposer son secret.

Ce ne furent pas les dragées qui le guidèrent, moins de quinze jours plus tard, quand il retourna au palais Biotti pour s'informer si les violons n'avaient besoin de rien. Eux non. Dame Angèle, en revanche, avait des dragées de reste. Ainsi s'établit un rite saisonnier et intermittent avec quelques ratés compensés par des doublements, où chacun des partenaires tenait à son tour le rôle du piège, de l'appât et du piégé. On imagine aisément la part d'amusement agacé qui en revenait à dame Angèle. En ce qui concernait Antoine, le bilan s'établissait de manière plus nuancée. Outre les remous qui le balançaient de défaite en victoire et de ravissement en dédain, il faisait l'économie des filles-à-soldat, les seules qui fussent à sa portée, et qui échauffaient tant l'imagination et les humeurs de ses compagnons d'atelier, et cela n'était pas négligeable. Je ne saurais décider si ce qui va suivre est à inscrire au chapitre des avantages ou des inconvénients. C'est au palais Biotti que le jeune luthier reçut le baptême du baroque, style quasiment inconnu dans Crémone, et qui devait se retrouver dans les œuvres de jeunesse du bonhomme Antoine, style d'autant plus agressif qu'il était importé de la lagune sans autre effet que l'exubérance du décor et les débordements de la dame. Et aussi la captation de l'adolescent par un féminin trop épanoui, au plus haut de son pouvoir, mais déjà infléchi sur le déclin. Et cela n'était pas sans conséquence.

Nous sommes, gens d'Italie, de la Cisalpine à la Calabre, des peuples turbulents et sensibles, qui cultivons le sens de l'honneur et le sens de l'humour sur un compost de tragédie et de comédie indissociables. Un soleil généreux éclaire une terre qui résiste et se refuse, dure à la vie de l'homme. La chaîne alpestre et le collier marin, qui devaient assurer la liberté de notre enfermement, ont été de tous temps les portes de l'invasion et de notre ruine. Une histoire commencée dans la gloire se poursuit interminablement dans la dérision. Les revers, les déchirements, les rapacités n'ont cependant jamais altéré notre joie de vivre. A toutes les époques, nous avons su former de merveilleux bâtisseurs et d'extraordinaires forbans, des artistes incomparables et des usur-

pateurs grotesques, et on dira stupidement de nous
que nous sommes un pays de contrastes et de contra-
dictions, ce qui n'exprime rigoureusement rien. Mais
la peinture italienne, la musique italienne, la comédie
italienne, l'opéra italien, qui ne s'en réjouit dans le
monde ? Voici, en prime, le violon italien, grand
comme les fastes de l'empire et fragile comme notre
millénaire destin. De tout ce que l'Italie a lâché de
sublime sur l'Europe, c'est cet objet-là sorti des
mains d'un balourd « pas trop bête et pas trop maladroit » qui viendra témoigner pour la liberté sur terre
et le bonheur ici-bas. L'annonce en est faite à Crémone. Pour l'heure, ce n'est encore qu'un souhait
informulé, un vague vouloir suspendu, un manque non
ressenti ; mais cela s'élabore, et ce sera : il suffit de
l'attendre.

Elle se prénommait Françoise. Elle était veuve, reconnue coupable de la mort de son mari, et mère perverse par abandon d'enfants. A considérer que les dates dont je dispose sont véridiques, elle comptait dix années de plus qu'Antoine quand celui-ci lui glissa la bague au doigt à l'autel de Sainte-Agathe dans la Ville Neuve. A ce glissement, il y avait urgence : l'épousée était grosse de plus de quatre mois, et cela se voyait bien.

Je possède sur cette affaire un volumineux dossier dont la provenance est au-dessus de tout soupçon. Quelques actes notariés mis à part, toutes les transcriptions sont de la main de mon père, ancien greffier au tribunal dit de l'Echelle aux Loups. La lecture de ces pièces a de quoi enchanter et terrifier, tant le sec et naïf exposé des faits est révélateur sur les mœurs de notre époque, et tant se concentrent à l'arrière-plan les motivations occultes propres à notre espèce en tous les temps. Masques et bergamasques, chienlit et violence, quadrille et rigaudon, la scène trouverait place dans la *Putta onorata* de ce faquin de Goldoni si la réalité ne s'en était arrangée. Et on dira encore que nos auteurs comiques forcent leur talent !

Ce fut un plaisant mariage, qui avait déplacé du monde. Toute la jeune lutherie de Crémone était à l'église : Jérôme, fils de maître Nicolas, Ruggieri, Bergonzi, Guarneri, Storioni, Ceruti, la bouche en cœur pour complimenter par-devant et rire sous cape par-derrière. Témoignaient pour Françoise un de ses oncles, pour Antoine le *minente* Alfandari en grande tenue de gentilhomme andalou. Quand don Guasco eut bredouillé la bénédiction et que les cloches eurent suffisamment informé le ciel, les époux s'en furent en tête du cortège vers le modeste logis qu'ils s'étaient aménagé dans la maison du pêcheur. Antoine embrassa dame Françoise sur le front, et s'en alla travailler à l'atelier.

L'année où j'ai commencé mes visites dans la rue des Couteliers, dame Françoise était une solide commère hors d'usage, quasiment plus large que haute, au téton débordant et à la croupe monumentale, dont la voix haut perchée avait le pouvoir de traverser la brique et la pierre. Six fois, son ventre s'était ouvert pour renforcer la lignée du bonhomme Antoine, et quatre de ces enfants survivaient tenacement. L'ouvrage ne manquait pas, et dame Françoise ne manqua pas à l'ouvrage. Elle gouvernait sa maison et son petit monde avec une autorité peut-être har-

gneuse mais certainement efficace, dominant sur tout
ce qui était de son ressort et même sur ce qui ne
l'était pas, sans plus se heurter aux convenances, irré-
prochable, infaillible, intouchable, pareille à un modèle
de probité, de sévérité et de vertu. Jamais le bonhomme
Antoine n'eut de reproche à lui faire ou à se plaindre
d'elle. Quand elle mourut, plus que sexagénaire, il lui
commanda des funérailles magnifiques. Je puis assurer
qu'il l'aimait.

Ce qui me stupéfie, ce n'est pas tant la radicale
transformation d'une gourgandine en bourgeoise res-
pectable et respectée — le cas est plus fréquent qu'on
ne croit —, c'est la béate insouciance ou la confiance
aveugle du bonhomme Antoine à cet égard. Je dois
à la pudeur de n'avoir jamais osé le questionner
là-dessus, et ma stupeur n'a plus aucune chance de
s'apaiser. Au reste, pour quelle raison m'aurait-il fait
des confidences sur ses intimités ? Puis-je exclure qu'il
n'en disait rien parce qu'il n'y avait rien à en dire ?
Singulier cheminement de l'affectivité humaine qui ne
se libère que par ses propres voies.

Si je puis me permettre de rapporter sur le bonhomme Antoine ce que la longue pratique des gens
m'a appris, une explication claire et simple se propose
à l'évidence : il était de ceux qui ont chevillé une fois
pour toutes leur attache majeure à l'existence dans
leur métier. A deux pas de son établi, le monde se
chargeait d'ennui et peut-être également de menace.
En des temps plus anciens, on eût trouvé Antoine

parmi les bâtisseurs de cathédrales ou les fondateurs
d'ordres religieux. Il lui fallait un ancrage solide pour
résister à la houle et à la traîtrise des vents.

Hormis faire des violons, rien ne pouvait lui paraître
sérieux, et toute solution à un problème devait être
bonne à condition que ce fût une solution. Pour
chercher la paix près de son établi, et sans doute aussi
pour faire comme tout le monde, il lui fallait une
femme, une maison, des enfants, des tracas domestiques, et ceux-là qu'il rencontrait sur son chemin en
valaient bien d'autres qu'il eût peut-être découverts
ailleurs. Il ne choisissait que ses bois ; ni les êtres ni
les lieux ; pas davantage sa nourriture ; encore moins
ses clients. Il offrit ses instruments indifféremment
aux papistes et aux réformés, aux tyranneaux de
province et aux nouveaux riches, à la Cour d'Angleterre comme à la Cour d'Espagne, il fit un violon
pour Tartini qui passait pour avoir partie liée avec le
diable, et un autre pour le cardinal Orsini qui était
dans les grâces de Dieu.

Il ouvrit très grande sa bourse pour honorer les
obsèques de dame Françoise ; qu'on en juge : quatorze prêtres avec enfant de chœur, trente-six pères
dominicains, seize pères franciscains, trente et un
pères de Sainte-Angèle, vingt-sept pères de Saint-Luc,
vingt et un pères de Saint-Sauveur, dix-neuf pères de
Saint-François, douze orphelins avec chapeaux, douze
mendiants avec chapeaux, et toutes les cloches des
quarante paroisses de la ville, tentures, fleurs, cou-

ronnes, cela faisait opulent à la mesure de son chagrin, mais il discuta âprement le prix et se fit rabattre huit lires impériales. L'année suivante, à l'expiration de son deuil, il convola avec dame Antonine qu'il n'aima pas moins puisqu'il en obtint cinq enfants, et pour être certain qu'elle lui ferait de l'usage, il la prit de trente ans en dessous de lui. Eh non ! Les hommes ne sont pas simples. Et le bonhomme Antoine ne faisait pas exception.

Le cas de dame Françoise n'est pas moins ténébreux. A en juger par les témoignages contenus dans les pièces du procès, elle avait été fort attrayante en ses jeunes années. S'il y avait un rôle à lui attribuer dans la comédie italienne, ce serait celui de la coquette. Nous connaissons par le menu la composition de la dot qu'elle apporta par contrat à son union avec Jean Capra : outre mille cinq cents lires impériales en argent liquide, le mobilier comportait un nombre effarant de pièces de lingerie, de robes, foulards, atours, dentelles et bijoux de fantaisie, de quoi alarmer le plus benêt des maris.

Capra était, comme son père, architecte, du moins sur le papier. Un propos échappé à dame Françoise au tribunal éclaire cette indication de singulière façon. « Aucun homme, dit-elle, ne peut travailler huit jours sans boire ; feu mon mari était capable de boire pendant huit jours sans travailler. » Cette fille agréable, jolie peut-être, coquette sûrement, convenablement dotée, avait été jetée dans les bras d'un ivrogne, ou d'un jaloux qui s'était mis à boire ; laissons planer un doute là-dessus. Dans les deux cas, Françoise n'en sort pas innocente. Elle était à ce point grosse lors de la conclusion du mariage qu'il avait fallu renoncer à la deuxième et troisième publication des bans pour hâter le train et, pendant la cérémonie, le curé n'osa pas détacher son regard de la voûte, non par ferveur comme on aurait pu le croire, mais parce qu'il avait honte de la farce qui se jouait avec sa complicité. La fillette, qui devait naître peu après, était-elle de la lignée du mari ? Là-dessus aussi, le doute s'étend. Capra pensa avoir été dupé et se mit ou remit à boire ; Françoise se vit dupée et se mit ou remit à rouler de la prunelle. Eut-elle des bontés pour tel ou tel officier nommément désigné, mais déplacé depuis lors ? Capra dut-il être soigné pour avoir contracté le mal de Naples dans un bouge de la basse ville ? Que de remugles dans cette affaire, de quoi offenser même une narine d'avocat.

Pourtant, il nous faut continuer à farfouiller dans cette vase, une chevillette du violon de Crémone y est enfouie. Il y eut, comme c'est la règle, des larmes et des injures, des réconciliations et des promesses. Françoise mit un deuxième enfant au monde, encore une fillette, et son fardeau s'accrut, comme s'accrut le ressentiment de Capra qui avait à faire front contre un soupçon de plus. Souvent, il passait la nuit dehors, et quand il rentrait puant le vin et la fille, c'est elle qui le récurait et mettait au lit, avant de s'attifer pour aller faire un tour du côté de la garnison.

Peu à peu, l'indifférence prit le pas sur les disputes, et sur ce terrain, lentement, inexorablement, la haine se mit à proliférer. Après la messe dominicale, Françoise se glissait désormais régulièrement dans la chapelle aux doléances pour y allumer un cierge et adresser une fervente prière spéciale à la sainte : que celle-ci voulût bien, de son saint pied, faire un croc-en-jambe à l'immonde Capra de manière à entraîner sa chute et sa mort. Mais la sainte oreille faisait mine de ne rien entendre. L'optimisme irréductible des êtres paralysait la jeune femme dans l'attente d'un miracle, qui tardait. Quand elle fut convaincue, après plus d'un an de prières, que sainte Agathe ne ferait rien pour elle, Françoise prit la résolution de s'aider elle-même pour que le ciel l'aidât.

Elle avait un frère, Pierre, son aîné de peu, qui rêvait de se changer en condottiere, espérant s'arracher de la sorte à la profession de commis municipal qui l'ennuyait fort. Son oreille était d'emblée plus complaisante que celle de la sainte, d'autant que la morale lui faisait obligation tutélaire envers sa cadette, au point de laver dans le sang l'affront qui aurait pu lui être fait. Françoise n'eut aucun mal à convaincre son frère qu'elle souffrait affront permanent. J'aimerais que l'on fît ici chorus avec moi pour reconnaître et admirer la facilité qu'elle avait de convaincre et manipuler les hommes, et cela aussi concourt au violon. Au reste, elle disait vrai : elle souffrait affront permanent, à cela près qu'elle rendait coup pour coup, et sans doute un peu plus, mais le code de l'honneur n'a que faire de ces comptes.

Pierre, convenablement instruit, orienté et remonté, se posta un soir sous les arcades de l'hôtel de ville. La place n'était pas éclairée. Il fallait être très attentif à ne pas s'en prendre à un inconnu. Quand Capra survint, reconnaissable à sa démarche incertaine, Pierre le laissa s'approcher à le toucher de la main tendue et, d'un coup d'arquebuse à bout portant, l'étendit sur les dalles.

Au guet accouru, il remit son arme, et se laissa conduire à la tour. Il comparut trois jours plus tard. Le tribunal prétendit ignorer le rôle joué par Françoise, et elle ne fut pas inquiétée. L'inconduite de Capra sauva Pierre de la potence. La peine prononcée était celle du bannissement à vie. Conduit sous chaînes et carcan à la porte de Saint-Luc, Pierre y fut délié et chassé dans la campagne. Françoise, jeune veuve et encore fort attrayante, se retrouvait libre.

A partir de là, les pièces du dossier laissent apparaître des lacunes. Quelques lettres de Pierre, réclamant des envois d'argent que sa sœur oubliait de lui faire. Il se morfondait loin de ses habitudes, traînait de village en village sans parvenir à se fixer, et ne songeait plus du tout à la gloire des armes. Que de reproches, que d'amertume dans ces messages griffonnés sur du mauvais papier ! Y figuraient en bonne place les traces de larmes.

De Françoise, rien avant deux ans. Surgit alors un document singulier sous forme d'un accord passé devant notaire entre la jeune veuve et la famille de l'assassiné. Aux termes de cet accord, Françoise reconnaissait ses fautes et son indignité de se dire mère de ses enfants ; en conséquence, elle se dépossédait de tout droit sur les deux fillettes et les abandonnait à la famille de feu son mari. En contrepartie, celle-ci pardonnait à l'assassin de Capra, rengainait toute velléité de vengeance, arrêtait toute poursuite, et s'engageait à restituer après inventaire le reliquat de la dot. J'aimerais qu'ici aussi on fût admiratif. La négociation, et l'accord qui la matérialise, portent trop clairement la marque d'un caractère de femme que nous commençons à bien connaître. D'une certaine manière, ce document est une sorte de chef-d'œuvre, retors de malice et de fourberie. En marge, mon greffier de père a noté de sa fine écriture penchée : « Comment pourrions-nous accabler les Petits pour de prétendues turpitudes, quand les Grands en donnent si bien l'exemple ? »

Suit le détail de la restitution, argent, bijoux, effets, et un dernier feuillet portant cachet de cire, en clôture à ce dossier. Attendu et considérant le désistement des plaignants, et la carte de rémission et de paix, le président du tribunal sénateur de la cité édictait, à l'égard de Pierre, banni de Crémone pour avoir donné la mort à son beau-frère, une ordonnance de remise de peine, à prendre effet à la date de la signature. En conséquence, le condamné est désormais lavé de tout opprobre, vindicte publique et peine, et libre de jouir de son droit de citoyen.

Pierre revint, et reprit sa place de commis municipal. Plus rien ne subsistait du scandale, si ce n'est un dossier et un déplaisant souvenir.

Un dernier coup de chapeau à la jeune femme : elle avait même réussi à s'acquitter à l'égard de son frère. Une autre Françoise est en gestation et en passe de naître sur la glorieuse ruine en elle même retombée. Depuis plusieurs semaines déjà, le jeune Antoine saute nuitamment le mur pour venir dormir auprès d'elle. Il a dix-huit ans, un solide métier bien en main, et d'inexprimables rêves plein la tête ; elle a vingt-huit ans, toute sa malice et tous ses appâts, une dot un peu ébréchée mais prête à resservir, et un cœur vide d'illusions.

Qui a fait signe à qui ? Question oiseuse. Ils se sont fait signe, et se sont tout de suite compris. Françoise était en vacance de destin, au moment précis où l'être humain doit faire halte pour reprendre son souffle et orienter sa voie. Antoine était en vacance de dame Angèle qui prenait les eaux à Caldieri. Il avait l'habitude de ces cassures qui survenaient sans préavis et ne créaient pas vraiment un vide sentimental. Le palais Biotti et le fruit mûr et de haute saveur qu'il recelait valorisaient le jeune homme à l'endroit de son orgueil qui n'était pas mince, mais ne contentaient qu'imparfaitement sa chair ; et cela, il ne pouvait l'ignorer. Le sens qu'il espérait donner à son existence s'orientait très au large de ces papillonnages, pour délicieux qu'ils fussent. La tentation renchérie, le frisson renchaîné, la vanité renflouée entraient sans doute dans un amalgame d'amour, mais ce n'était pas de pur métal.

Il attendait celle qui devait venir, et ce fut Françoise, rencontrée sous les arcades de l'hôtel de ville, sur les lieux mêmes où elle était devenue veuve. Elle n'attendait rien de particulier, hormis cette toute petite chose promise en récompense aux enfants récalcitrants s'ils veulent bien accepter la raison des adultes, le bonheur. Une *bonne heure* qui n'en finit pas d'être bonne. Cela pouvait venir de n'importe qui, n'importe quand, ou ne venir jamais.

Quand elle vit approcher ce lourdaud aux mains trop grandes dont il semblait ne savoir que faire, et aux lèvres crispées sur un bout de compliment qui n'en finissait pas de se désarticuler, elle eut tout de suite le sentiment que ce pouvait être lui. Ne pas réfléchir ! Ne pas hésiter ! Le temps d'entraîner Antoine dans la solitude à deux, et elle fut à lui. Il en conclut qu'il était irrésistible et que le monde ne manquerait pas de lui appartenir bientôt. Elle en conclut que, pour peu qu'elle sût manœuvrer, le petit navire voguait cap au large vers d'inaccessibles horizons.

Julie-Marie naquit, jour pour jour, neuf mois après cette rencontre. Quand Françoise acquit la certitude qu'elle était grosse pour avoir senti remuer en elle, et en dépit de la différence d'âge qui ne gâtait rien, Antoine parvint à dominer un premier mouvement de panique et accepta avec gratitude le double cadeau que la vie lui faisait.

Trois bouches à nourrir au lieu d'une, le surcroît n'en était qu'au commencement et promettait de s'appesantir davantage à bref délai. Maître Nicolas s'était montré compréhensif. Promu aide-compagnon à dater du jour de son mariage, Antoine recevrait un salaire annuel de cinq cents lires milanaises, équivalant à soixante ducats d'argent. Compte tenu que le dixième de la somme allait au loyer, que le pain de seigle et millet coûtait un *sol* la livre et la chandelle huit *bajocchi,* qu'on ne trouvait pas l'huile de rave, la moins chère, en dessous de cinq *bajocchi* le muid, les cordons de la bourse devaient être tenus très fortement serrés.

Pour Françoise, c'était une réduction. Femme d'architecte, même ivrogne, elle avait été plus au large, et les officiers mercenaires ne manquaient pas de doublons dans le gousset. Plus question de flâner sous les arcades, ou du côté des casernes. Désormais, c'est dans les sous-bois qu'il fallait aller ramasser des branches mortes et, selon les saisons, des pommes, des nèfles ou des châtaignes. Pas question non plus de laisser Julie-Marie seule au logis de la basse ville, les rats auraient pu être mis en appétit ; il fallait emmener la fillette roulée dans un châle jeté sur l'épaule, même pour se rendre au puits ou aux latrines. C'était à n'y rien comprendre de voir cette femme, hier encore mère perverse, engagée dans la maternité avec un total oubli de soi ; à peine eut-elle déposé l'enfant de son sein épuisé qu'elle était de nouveau grosse, preuve qu'Antoine ne chômait pas.

Il donnait à maître Nicolas tout son temps, payé d'avance pour deux cent soixante journées ouvrables. Il y mangeait la soupe trempée à midi, et avait droit, selon l'usage, de garder pour soi les chutes de sapin et d'érable. En un mois, il ramassa assez de bois pour mettre un violon en chantier auquel il travailla les jours de relâche, fête carillonnée ou repos ordinaire. La pauvreté des matériaux ne pouvait se racheter par la minutie, et ce fut un instrument pauvre.

Néanmoins, Antoine était content. Il colla une étiquette dans le secret du fond sous l'ouïe gauche après y avoir inscrit son nom et la date d'une plume malhabile. Il avait fait une fille. Il venait de faire un violon. Ces deux événements, sans commune mesure, s'interpénétraient profondément dans son esprit échauffé. Chacun de ces êtres — il ne doutait pas que son violon en fût un — portait sa marque. Chacun de ces êtres le perpétuait. A cela près que Julie-Marie avait trop de voix, et le violon peut-être pas assez. Qu'elle était dotée d'un timbre perçant, et lui d'un timbre feutré. Qu'elle se faisait entendre sans y être priée, tandis qu'il s'enfermait souverainement dans le silence. Bah ! songea Antoine, ce n'était qu'un début. Et comme il ne négligeait aucune occasion pour donner une suite à sa fille, il commença à ramasser du bois pour un deuxième violon.

Et, tandis que l'instrument finissait de sécher, pendu entre les solives du plafond, Françoise formulait à son égard des souhaits plus terre à terre. Il était beau dans sa robe ambrée qui accrochait si chaudement la lumière, gracieux par ce qu'il semblait promettre, appétissant comme une salaison. Avec un peu de chance, on en tirerait bien cinq ducats, quasiment un salaire mensuel. Il leur fallait sans cesse grignoter sur la dot, laquelle se desséchait dans un placement à trois pour cent qui rapportait juste de quoi renouveler les sabots et la paille. S'il y avait une possibilité qu'Antoine se mît un jour à son compte, il fallait y travailler sérieusement dès à présent. Puisque lui ne s'en souciait pas, elle s'encourageait à se saisir des gouvernes. Mais Antoine avait promis ce violon à Alfandari et il le lui porta. L'amitié eut gain de cause sur le calcul et entraîna à quelques violentes disputes entre les époux. Françoise se prétendit sacrifiée. Antoine fit valoir son libre arbitre. Elle versa des larmes. Il s'en émut. On convint qu'il la laisserait opérer à sa guise désormais, la paix dans leur ménage se ferait à cette condition. Antoine n'eut pas à regretter sa faiblesse et Françoise fut assez fine pour avoir le triomphe modeste.

Le deuxième enfant ne vécut pas. Le deuxième violon fut vendu six ducats à un officier espagnol. Antoine obtint d'être promu au grade de compagnon et son salaire passa à six cents lires milanaises. Mais le coût de la vie avait renchéri d'autant, le pain à un *sol* et demi, la chandelle à dix *bajocchi,* les uns incriminaient un été de sécheresse, les autres un hiver pourri de pluie, on invoqua l'augmentation du prix des transports et les plus madrés prophétisaient que la guerre allait incessamment reprendre. Déjà on se battait en Provence et au pays de Vaud, les mécréants s'enhardissaient sur mer et les mécontents sur terre. Un soulèvement populaire à Naples est sauvagement réprimé, d'autant plus sauvagement que l'autorité espagnole est elle-même à bout de souffle, et le roi de France, tout gonflé de splendeur, prépare au nez du pape et à la barbe de l'empereur sa mainmise sur l'Italie septentrionale, en promettant qu'il respecterait la Vénétie, bien obligée d'y croire.

Travailler plus, gagner davantage, cela ne servait à rien. Les prix couraient devant l'effort. Antoine y paraissait insensible ; mais Françoise en était constamment saisie. Le sort d'une femme de luthier n'est pas pire — ni meilleur — que celui de n'importe quelle femme dans les diverses branches de la petite industrie et de l'artisanat. Antoine ne gagnait pas plus — et pas moins — qu'un compagnon porcelainier ou un maître tisserand, qui figuraient parmi les mieux payés des tâcherons, plus d'un tiers au-dessus de ce qui se donnait dans les fabriques et manufactures. Il y a que la vie est difficile aux petites gens, et qu'il n'est pas aisé de sortir de la médiocrité. Fallait-il

incriminer le sort ou les habitudes ? Le vouloir
émoussé ou le pouvoir rabattu ? La lassitude des corps
ou le laisser-aller dans les esprits ? On ne pouvait pas
être plus travailleur et plus frugal que l'était Antoine ;
plus vigilant et plus économe que l'était Françoise.
Ni lui ni elle ne croyaient que la médiocrité leur fût
imposée par nature ; cependant, ils y demeuraient,
parce que la sortie n'était pas fléchée, parce qu'ils ne
parvenaient pas à se hausser sur la plate-forme de
départ.

Lui ne voyait rien ; mais elle devinait. Il y avait des
exemples à imiter, et le plus proche, le plus démons-
tratif était maître Nicolas en personne. Il passait pour
être riche, et sans doute l'était-il. Du bien lui venait
de famille : rien que sa réserve d'épicéa et d'érable,
de quoi modeler des instruments pendant un tiers de
siècle, valait une fortune. Il y avait là des planches
entreposées par le grand-père, et maître Nicolas en
entreposait pour son petit-fils encore dans les limbes.
S'il avait dû laisser deux de ses filles à la peste, il
avait su conserver Jérôme qui promettait.

Une telle richesse affinée par cent ans d'âge n'avait
plus à se justifier, et ne faisait plus de jaloux. Elle
était là, comme le *terrazzo,* à cette différence près
qu'elle continuait à grandir tandis que la tour avait
depuis longtemps achevé sa croissance. Pour un violon
portant sa signature, maître Nicolas demandait — et
obtenait — douze ducats d'argent, cinquante pour un
quatuor, et l'atelier ne suffisait pas à la tâche. Antoine

s'était senti honteux, et coupable, d'avoir osé en demander six pour le sien. Il n'était pas mûr pour la réussite, et cela seul lui faisait mal. La voie qu'il cherchait était celle de la maîtrise, et non celle de la fortune. Au reste, elles devaient se confondre à un point de confluence sans qu'il fallût les y forcer.

Françoise était grosse pour la troisième fois et Antoine travaillait à son troisième violon. Pour celui-ci, il avait obtenu que maître Nicolas lui cédât une coupe de bois de qualité, et il utilisait un moule de son invention, très légèrement plus large et plus long que le grand patron de son maître. Cette facture promettait un volume sonore plus ample, tout en conservant le timbre doux et feutré qui faisait la célébrité des violons de Crémone.

Pendant qu'il tirait ses plans et traçait ses repères, calculant les épaisseurs en prévision de la forme à créer, sa pensée courait au-devant de l'œuvre en train, pour disposer la matière au plus juste dans le sens qu'il entendait lui donner. Il avait le sentiment, très réel et très net, de porter ce violon-là dans sa tête, avant même de le faire sortir de ses mains, et pendant des semaines il ne pouvait plus penser à autre chose qu'à cette combinaison nouvelle de timbre et de volume qu'il espérait réaliser. Il se voyait pris dans une sorte d'état obsessionnel qui polarisait toute sa personne sur cet instrument déjà présent et encore à venir. L'opération qui consistait à donner réalité à cet objet imaginaire paraissait aussi simple et facile qu'elle était impossible. Antoine n'eût pas été plus heureux s'il avait cherché à attraper son ombre.

Ce jour-là, comme il sortait de chez l'apothicaire-droguiste, perdu dans ses pensées, il faillit être happé par un attelage au trot. Il n'eut que le temps de s'écarter et se coller au mur. A l'intérieur du cabriolet, il reconnut dame Angèle en casaquin de voyage. Le reconnut-elle aussi ? Sans doute, car elle eut une manière de détourner la tête qui en disait long. Depuis qu'il ne l'avait plus revue, il avait cessé de penser à elle ; et voici que cette rencontre levait une nuée de souvenirs. Le temps que le cabriolet disparût dans le tournant, une succession d'images éclair dédoublait la vision d'Antoine et le remettait devant les grilles du palais Biotti dans un décor de meubles dorés, de lustres flamboyants et de dentelle empanachée.

Un bref vertige mit un terme à la sarabande et déclencha une intense réflexion : bientôt, la fin de la chaude saison ramènera les fêtes et les jeux dans Crémone. Les académies et cénacles rouvriront leurs portes. Faute de pouvoir les entendre au théâtre, on y lira la comédie, on y fera de la musique. Josquin des Prés, Frescobaldi, Palestrina, De Rore se remettront à la tête du cortège pour l'agrément d'une société clairsemée et décadente qui n'en finissait pas de ressasser ses privilèges et de tromper son ennui, et ce serait sans nul doute au palais Biotti que se donneraient les soirées les plus réussies, unissant public de choix et artistes de qualité.

C'est là qu'il convenait de tenter la chance. Antoine résolut d'offrir à dame Angèle le violon qu'il préparait et, pour que l'instrument fût digne d'elle, de le décorer richement de marqueterie et d'incrustations comme jamais violon ne le fut à ce jour. Vingt ans plus tard, le bonhomme Antoine m'avoua combien il regrettait cette période où il s'était fourvoyé de si bonne foi et avec les meilleures intentions. Le violon n'avait pas besoin d'enjolivures, il ne risquait que d'en souffrir. Ce faux pas d'Antoine lui en fit commettre d'autres, pour satisfaire les premières commandes qui lui parvenaient. Mais son souci du moment s'orientait sur Françoise, dont il craignait les fureurs. Comment prendrait-elle cette décision, contraire à ce qui avait été convenu ? Il ne lui en parla du bout des lèvres que lorsque le violon fut près d'être terminé. A la grande surprise d'Antoine, Françoise admit sans se faire prier que l'idée était bonne et qu'il fallait faire ainsi.

Antoine fut-il jamais tenté de dénombrer ces années ternes ? Si oui, les doigts de ses deux mains n'eussent pas suffi, et il eût fallu emprunter une main au moins sinon les deux à Françoise. Le quotidien les roulait elle et lui dans la farine, plus riche de son que de froment, et je ne suis pas certain que ce roulement ait été perçu comme tel. Jusqu'aux approches de la quarantaine, on peut hésiter entre maturation et vieillissement, entre épanouissement et flétrissure. Au-delà, ce n'est plus possible. Nous avons des mœurs strictes en Lombardie et un code qui ne se relâche pas. Passé un seuil égal pour tous, un homme est un *vieux,* une femme une *vieill*e, sans discrimination et sans offense, le droit, la loi et le langage ne font pas le détail. Le passage s'accomplit par inadvertance, on pourrait dire par hasard si le hasard y avait accès.

Vient un jour, pareil aux autres, et la distance est franchie, la page tournée, le versant pris. Un réveil qui

ne manque pas d'être brutal, et qui porte au désen-
chantement et à l'indulgence, peut-être aussi au regret.
Antoine y glissait doucettement, sans bien s'en rendre
compte. Qu'il eût encore plus de cinquante ans à
vivre et à travailler, et à parfaire le violon jusqu'à son
indépassable perfection, personne ne le savait, pas
même lui, et nul ne s'en souciait.

A l'atelier de maître Nicolas, Antoine avait atteint
le plus haut degré dans la formation, et il était auto-
risé à signer les instruments qu'il terminait. Maître
compagnon, et parce qu'il avait sous ses ordres un
homonyme plus jeune que lui, il s'entendit appeler le
vieil Antoine, et il ne trouva rien à y redire. Le
bonhomme n'avait pourtant point changé : toujours
aussi grand, sec, silencieux, précis, à peine voûté à
force d'être penché sur l'établi, seul endroit où il ne
connût pas l'ennui. A ses heures de liberté, quand il
n'allait pas poser une ligne au bord de la rivière ou un
collet dans les sous-bois, car ils étaient maintenant
sept à ouvrir la bouche autour de la table, il fignolait
des violons pour son compte, variant les motifs de
décoration, soit au pinceau, soit à l'incrustation, selon
l'exigence du client, premier et dernier à parler.

Antoine était-il satisfait ? Quand un peu d'argent
entrait dans le bas de laine, sans doute. Bien moins
quand il se sentait piégé ou méprisé, comme par ce
banquier vénitien qui s'entêta à vouloir un violon
entièrement doré à la feuille pour ne pas déshonorer la
vitrine destinée à exposer l'instrument. La correspon-

dance s'étira sur plusieurs mois et finit par lasser le demandeur avant de fâcher le luthier.

D'ordinaire, l'acheteur était moins abusé. Collectionneur ou administrateur, intendant ou prieur, il ne méconnaissait pas qu'un violon eût à servir à une fin déterminée, et le timbre de Crémone faisait prime sur le marché. Fioritures en plus ou en moins, il fallait que l'instrument fût doux à l'oreille. Rarement, très rarement, c'était un musicien qui se portait acquéreur. La profession nourrissait à peine son homme. Il ne subsistait que par charité, ou en endossant la robe du clerc, ou la livrée du domestique. Antoine fut sollicité par un violoniste qui épaulait à droite, et par un autre qui eut le coude bloqué à la suite d'un accident ; dans les deux cas, on ne parvint pas à s'entendre sur le payement. Seuls les castrats tiraient profit de la musique ; certains gloire et fortune. Le motet, le madrigal, la cantilène, l'opéra, ce qui s'écrivait et se plaçait n'existait et ne se répandait que par eux et pour eux. La *prima donna* ne venait qu'en second ; danseurs et danseuses loin derrière ; et tout au bas de l'échelle, l'instrument.

« Il grimpe, il va grimper », prophétisait Alfandari, qui avait des idées sur toutes choses, et plus spécialement sur la musique. L'apothicaire-droguiste fut pendant cette quinzaine d'années l'unique interlocuteur d'Antoine. A la mauvaise saison, quand il fallait déposer l'outil dès le milieu de l'après-midi parce que la chandelle aurait brûlé le meilleur du bénéfice, le luthier aimait à se rendre à l'officine et à commencer la soirée près de son ami. Alfandari était intarissable. Il recevait par abonnement le *Journal des Littérateurs et Artistes* publié dans la cité des Doges par l'intrépide historiographe Apostolo Zeno. Chaque semaine, cette feuille répandait ce qui se projetait et réalisait dans l'Europe musicienne au milieu d'un lot d'anecdotes à l'eau de rose ou au vitriol. Nul ne pouvait figurer dans la société où l'on s'amuse s'il n'était passé auparavant par cette lecture qui ne laissait jamais le malin plaisir sur sa faim. De cette gazette, l'apothicaire-droguiste s'était fait le plus zélé des échotiers.

« Vois-tu, *petit*, disait-il au *vieil* Antoine, on croit communément, et je l'ai cru comme toi avant d'y réfléchir à fond, que la voix chantée est la plus haute expression du génie dans notre espèce. Erreur ! Erreur ! La voix chantée ne procède pas de l'humain, elle dérive du divin, comprends-tu ? On ne parle pas à Dieu comme à son voisin de palier, avec des mots de tous les jours dans leur état trivial. Moi qui ai porté ma besace un peu partout dans le monde, je peux te dire que nulle part cela ne se fait. Et cela ne date pas d'aujourd'hui. Dans les temps anciens, le Grec déclamait en direction de l'Olympe. L'Hébreux psalmodiait au pied du mont Horeb. Le chrétien s'est mis à chantonner à l'ombre de la croix. Moi, *petit*, je n'ai jamais su si mes ancêtres étaient berbères ou juifs, et ce doute ne me tourmente pas. Chrétien, je chante avec les chrétiens, que faire d'autre ? Que Dieu m'entende. Si tu veux être compris d'un Chinois, il faut lui parler en chinois, sinon c'est peine perdue. Si tu veux être compris de Dieu, il faut y aller d'un cantique, sinon tu te fatigues pour rien. En un sens, la liturgie chantée n'est rien d'autre que l'expression terrestre des voix célestes. L'hymne séraphique est à la face de Dieu ce que le parler chinois est aux oreilles du Chinois. Il faut passer par là, si tu veux converser avec l'innommable. Tu me suis, *petit* ? Le chant profane, celui qui prétend s'adresser aux humains, est né dans ce berceau, il en garde la marque. S'il a renoncé à être angélique, il n'en vise pas moins à être éthéré et noble. Depuis trois siècles que cet art s'est répandu, il a cultivé et développé des voix qui ne sont pas les nôtres, des voix sans chair, des voix d'emprunt, la haute-contre, le chant de gorge, le soprano léger, ce n'est pas par hasard que nos mœurs divinisent le castrat et la *prima donna* dont on n'est jamais sûr s'ils sont en partie humains. Il n'y paraît pas encore tellement, mais ce système commence à s'user. De Josquin des Prés à Monteverdi, le chant profane est monté aux sommets. On en voit la trame. Impossible de faire mieux que ce qu'on a déjà fait. Peu vraisemblable aussi que l'humanité se contente de chanter des motets pendant les siècles à venir qui nous promettent la science et la lumière. Un grand bouleversement est en train de s'opérer sous nos yeux, *petit*, le transfert de la musique de la voix à l'instrument.

Cela se prépare depuis longtemps, Galilée, Descartes et *tutti quanti* qui bâtissent notre maison. Pense que l'instrument n'est pas seulement un outil propre à émettre des sonorités plus ou moins agréables, mais une invention à caractère universel destinée à faire dialoguer la sensibilité avec l'intelligence, l'émotion avec la raison, et à répandre en tous lieux et en tous sens un message de concorde et de liberté. Pense que tu pourrais participer à la plus ignoble des guerres en chantant des cantiques, et que tu en seras absolument empêché en jouant du violon. Tiens, Tartini, pareillement habile à l'archet et à la rapière, a été obligé de faire un choix. Parmi toutes les formes et toutes les variétés d'instruments qui se sont créées dans le monde, l'exemple le plus achevé est le violon, justement. Rien n'est plus près de la voix humaine, rien ne va plus avant dans le cœur humain. Toi qui en construis, tu sais mieux que personne que le violon est notre affaire à tous. Les imagiers ont bien essayé d'en placer entre les bras des anges, mais ils ont omis d'y adjoindre un mode d'emploi : jamais le chœur séraphique n'a su utiliser cet instrument qui reste lié à notre histoire et délié du ciel. Pour ma part, je n'y reconnais que des avantages. Un violon ne s'enrhume pas, n'a pas de migraine, ne trépigne pas pour une fleur en moins et ne jubile pas quand son rival casse une corde. Une brave bête, *petit,* une bien brave bête, en vérité ! Dans le temps qu'il faut pour former une seule voix chantante dont la carrière sera brève, combien feras-tu de violons dont la carrière n'est pas limitée ? Car s'il en faut dans les monastères et les églises, aux banquets des princes et aux noces de campagne, il en faudra peut-être un jour prochain pour les seuls amoureux de la musique ? Ecoute, Antoine ! La gazette, cette semaine, rapporte un fait singulier. Evens, premier violon à la Cour d'Angleterre, n'était pas payé depuis des mois et ne parvenait pas à débloquer son salaire, pourtant dérisoire. Il en était au point de n'avoir plus de quoi manger. Jouer dans la rue pour amasser quelques aumônes, il ne le pouvait, par égard pour le roi. Alors, il a eu l'idée de louer une salle et de faire payer les places, et le public est venu nombreux. Que dis-tu de cela, Antoine ? De mémoire d'homme, cela ne s'était jamais produit auparavant, mais la recette est bonne, elle trouvera des imitateurs en nombre, je te le promets. Le destin du violon est étroitement lié au destin de l'homme, et nous sommes en droit d'en attendre des merveilles avant longtemps. Il faut avoir confiance, *petit* ! Il faut avoir confiance. »

« J'ai », répondit Antoine en considérant ses mains aux ongles tachés. Ce long discours ne l'avait pas rendu plus loquace. Il eût été incapable de préciser en qui ou en quoi cette confiance se plaçait. Il s'en retourna chez lui, perdu dans ses pensées.

Des années plus tard, il se souvenait avec précision des tourments qui l'avaient agité alors ; mais il était sorti d'embarras, et plus à l'aise pour mettre ses

pensées au clair et en parler. Lui, Antoine, approchait
de la quarantaine, ni gai ni triste, accablé de besogne
et de soucis domestiques, ne faisant point de différence entre le jour et le lendemain. Maître Nicolas en
comptait plus du double ; il ne touchait plus aux
outils, car il n'y voyait plus guère, il se contentait de
recevoir les commandes et de les répartir entre les
maîtres compagnons. Sans alarme, le temps était
proche où cet atelier incomparable allait perdre son
incomparable animateur. Rester sous la houlette de
Jérôme, quand le fils et de loin ne valait pas le père,
eût été se fixer pour longtemps dans la médiocrité.

Antoine ne doutait pas que le moment fût venu
pour lui de se rendre indépendant et de courir sa
chance. C'est donc la confiance en soi qu'il devait
mettre à l'épreuve. Cela revenait à décider qu'il en
avait à la fois l'aptitude et les moyens, ce qui n'était
pas tout à fait établi. Une telle décision ne promettait
pas la tranquillité, le bas de laine n'était pas assez
tendu pour supporter le choc. De nouvelles économies
à prévoir ; de nouvelles restrictions à s'imposer et
à imposer aux siens pour n'en tirer que des illusions,
de la fatigue et des amertumes ?

Mais le plus inquiétant était qu'il ne se sentait pas
du tout assuré de ses aptitudes. Il lui arrivait fréquem-
ment, pendant que ses mains poursuivaient mécani-
quement la tâche monotone, de laisser divaguer ses
pensées pour s'identifier à l'objet qu'il était en train
d'assembler. Si lui Antoine avait été un violon,

comment aurait-il voulu être ? De manière concrète, la réponse restait inimaginable. Mais que la question se fût incrustée dans son esprit prouvait assez combien il était insatisfait par son travail de routine qui le maintenait dans le sillage d'une mode et d'un style qui n'étaient ni de son choix ni de sa facture.

Il ne savait pas encore comment il aurait voulu être ; en revanche, il savait qu'il ne voulait plus être tel qu'il était : un objet de convoitise ou de dilection pour meubler la vanité ou l'ennui doré d'une petite élite ou prétendue telle. Assurément, ce n'était pas peu que le violon eût un corps tout de grâce, une peau d'ambre frémissante de reflets, une réserve inépuisable de douces sonorités ; c'était beaucoup, et ce n'était pas assez. Puisqu'il avait le pouvoir de se faire entendre et de moduler les plus secrètes aspirations de l'âme humaine, le violon s'appauvrissait de n'être qu'un instrument de compagnie ou de plaisir.

Assurément, ce n'était pas rien que de meubler la solitude et de distribuer du plaisir ; c'était considérable, et ce n'était encore pas assez. Le but du violon était de faire entendre le sens profond de l'être ; d'exprimer haut et fort ce qui sans lui resterait inexprimé et inexprimable.

Voilà, à peu près, ce qu'il aurait voulu être, Antoine, s'il avait été un violon. Une voix qui se prête à dire vrai et à ne dire que cela. Berceau et tombeau pour toute la musique présente, passée et à venir. Il se voyait, violon-Antoine, épaulé par d'innombrables

Evens en des lieux sans nombre pour faire savoir aux foules que la personne humaine était sortie du limon, pour annoncer le royaume humain. Non pas à l'image de ce simulacre qui s'opérait en France par la glorification d'un monarque infatué, pas davantage à l'instar d'une Eglise qui n'aura eu à révéler que sa faillite interne. Il se voyait nu et net, Antoine-violon, comme une épure à la mine d'argent de Léonard de Vinci, sans arabesques marquetées et sans incrustations d'ivoire ou de nacre, une caisse, un manche et quatre cordes assemblés dans un rapport idéal et définitif, pour dire ce qu'il avait à dire.

Ainsi paré, lesté d'une Françoise qui allait sur ses cent kilos et de cinq enfants dont le dernier, Bonhomme, n'était pas encore sevré, Antoine se jeta dans l'aventure. Depuis un certain temps déjà, il avait repéré dans la ruelle des Couteliers, face au fronton de l'église Saint-Dominique et à deux pas de l'atelier de maître Nicolas, une grande maison qui se délabrait faute d'occupants. Une telle trouvaille n'était pas chose rare dans Crémone où plus d'un habitant sur deux manquait à l'appel, et le prix de la pierre bâtie se tenait plutôt en deçà de sa valeur. Pour être bien placée en plein quartier des luthiers, spacieuse et relativement en bon état, la maison Picenardi arrêta le choix d'Antoine. Les propriétaires en demandaient sept mille lires impériales, somme dont Antoine ne possédait pas le quart. Toute discussion pour en rabattre demeura vaine, Antoine ayant commis la maladresse de se montrer trop vivement intéressé. Comme la discussion se prolongeait, un perruquier se mit sur l'affaire, et faillit l'emporter. Antoine s'inclina et accepta le prix. Avec l'aide de maître Nicolas, il réunit deux mille lires impériales, et signa des billets sur cinq ans pour le solde. Sitôt l'acte rédigé, il emmena sa femme et ses cinq enfants visiter la maison qui était désormais la leur.

Je ne connais de cette maison que l'aspect extérieur : une façade étroite élevée à deux étages surmontés d'un grenier ; et l'atelier-boutique où j'entrais très souvent. Jusqu'à l'arrivée des Français, la devanture ne se fermait pour la nuit qu'en déroulant une toile ; par la suite, Antoine la fit vitrer à petits carreaux. Des odeurs inexpugnables signalaient l'emplacement d'une cuisine quelque part dans les tréfonds, et c'est de là, ou de la courette où était le puits, que s'élevaient parfois en vagues les vociférations de Françoise sur un fond de diapason quand Antoine accordait ses instruments dans l'arrière-boutique.

Jérôme vint en voisin aider à la remise en état. Françoise récurait. Antoine gâchait du plâtre. Sous la conduite de Julie-Marie, les enfants tempêtaient à travers le chantier. Le soir venu, on s'assit en rond sur le plancher autour d'un plat de fèves. A la lueur de la chandelle, Antoine gravait le cachet qui allait servir à imprimer ses étiquettes. « Tu pourras prendre des outils, lui dit Jérôme. Des happes, pince-barres et béquettes ; quelques rabots, et une scie à chantour-

ner. Mon père veut t'aider, et il le fera, tant qu'il sera
en vie. Après, je continuerai, si tu as encore besoin.
Remarque, j'aurais préféré que tu restes avec moi.
C'est toi qui as décidé. Tu sais probablement où tu
veux aller, et je n'ai rien contre. Je crois que tu n'as
pas de souci à te faire. De nouveaux ateliers se sont
créés, à Bologne, à Padoue, à Milan, et ils ont bientôt
fait leur plein. Il n'y a jamais eu autant de commandes.
Mon père a une surprise pour toi, il te la dira demain.
Le banquier Monzi a envoyé une lettre de Venise.
Il demande un quatuor complet, deux violons, une
viole de bras et une viole de jambe, pour les offrir au
duc d'York. Il veut des instruments riches, décorés
d'arabesques et incrustés de nacre. » « Grand bien
lui fasse, l'interrompit Antoine. Je ne veux plus faire
des instruments décorés. Tout ce qui s'ajoute sans raison enlève de la force et diminue la qualité. » « Tu
as bien tort, reprit Jérôme. Il y a mille lires impériales à prendre. » « Mille lires ? répéta Antoine son-
geur. Je prends. »

Nous ne pouvions pas ignorer les événements détestables qui endeuillaient une partie de la France et scandalisaient ce qu'il y avait de consciences éclairées dans nos pays. Pas une semaine ne s'achevait sans que de nouvelles horreurs ne fussent parvenues à notre connaissance ; et pourtant, nous n'étions pas sur le chemin habituel des gazettes. Une de nos petites manufactures de soie qui tissait des brocarts à l'usage exclusif de Versailles tenait les nouvelles de son correspondant. A en croire les gens bien informés, c'étaient les Ignaciens du faubourg Saint-Antoine qui tiraient les fils, l'un, le père La Chaise, travaillant Louis XIV, l'autre, le père Tellier, madame de Maintenon, en vue de leur commun salut qui passait par la furie des dragons lâchés sur les familles sans défense. Avant même que la Révocation fût effective, l'exaction, la torture et la tuerie étaient quotidiennes. A de rares exceptions près, le bas et le haut clergé applaudissaient à la manœuvre, et la populace se réjouissait d'un spectacle qui ne pouvait qu'être agréable à Dieu. D'aucuns parvenaient à fuir, abandonnant tout. La Suisse, le Palatinat, le Brandebourg s'emplissaient de témoins à charge. Ce n'était pas une France oisive qui s'exilait, c'était le meilleur de la France industrieuse et inventive qui se mettait à l'abri pour des temps futurs. Le roi n'ignorait rien de ces malheurs ; mais aucun malheur dans la nation ne pouvait le distraire de ses menus plaisirs.

J'ai souvent fait l'effort d'imaginer ce monarque tout-puissant monté comme un soleil au firmament politique de l'Europe. Les ambassadeurs le décrivaient beau et courtois, tirant son chapeau devant les femmes de chambre dans les couloirs du palais, dont la conversation était exquise, et qui dansait à ravir. On pouvait beaucoup obtenir de lui, si la requête trouvait le chemin de son cœur, et personne jamais ne l'avait vu en colère. Il aimait la chasse, les jardins à la française, la comédie et la musique italiennes, les vierges un peu sottes mais bien en chair, et les ministres qui parvenaient à gouverner sans trop le déranger.

Toutes ces descriptions ne m'en donnaient pas le reflet. Pour ma part, je ne l'ai jamais vu que sous les traits d'un monumental poupard emballé de velours grenat que des laquais en ligne emplissaient par-devant tandis qu'une autre ligne de laquais le désemplissait par-derrière. Dans les moments de répit qu'il prenait pour respirer, il soufflait sur ses peuples un vent porteur de sang et de larmes, détournant ses « yeux

brillants et doux », tels que les décrit son mémo-
rialiste, devant un spectacle qui eût risqué de troubler
sa digestion et son sommeil. « Un peu dur, l'humeur
dédaigneuse et méprisante avec les hommes, un peu
de vanité, un peu d'envie, et fort peu commode s'il
n'était roi », précise le billet qui m'est passé par les
mains. Ajoutons qu'il était ignorant, superficiel et
petitement rancunier, comme un portier de grande
maison, et le portrait pourra s'animer. On serait fondé
de s'étonner de la place que je donne à cette royale
personne dans ce récit, apparemment sans raison. J'an-
ticipe seulement un peu sur l'Histoire. Le roi de France
était insatiable : il intriguait et guerroyait pour devenir
aussi le mien, et il s'en fallait de peu qu'il y réussît.
Le moment était venu de m'en soucier.

S'il y eut quelque chose comme un « parti espagnol » en France, il n'y eut jamais à ma connaissance
de « parti français » à Crémone. Mais le siècle finissant
montrait clairement le déclin de la couronne madrilène,
et d'aucuns craignaient, à juste titre, que notre province ne devînt l'enjeu d'un conflit ouvert entre Louis
de France et Léopold d'Allemagne. On se risquait
à faire valoir des préférences, et la balance penchait
plutôt par ici que par là. La mode de Versailles fascinait les belles Milanaises et Vénitiennes, et se répercu-
tait de ville en ville, sans nous épargner. Que la
Fontanges parût *en cheveux* au grand couvert de la
galerie des glaces, toutes les dames d'Italie parurent
bientôt *en cheveux* à l'opéra et dans les salons dorés,

et le regain des robes à panier annonçait de loin une nouvelle grossesse de la Montespan ou de la La Vallière. Personne n'oubliait ici que c'est sur des airs de Lulli que Phébus remuait la jambe, et que c'est dans nos comédies que Molière puisait à pleines mains par actes entiers pour amuser la Cour. Tout compte fait, et en dépit des dragonnades, embastillements, séquestrations d'enfants et expéditions punitives, le royaume de France inquiétait moins que l'empire d'Allemagne, parmi les gens que je fréquentais. Mais on verra qu'il pouvait en être autrement.

D'autres événements de moindre importance mais combien plus séduisants et rassurants eurent lieu loin de Paris et loin de Crémone. Cette année-là, à Venise, l'enfant Vivaldi qui titubait encore en marchant recevait de son père sa première leçon de musique ; à Magdebourg naissait Georg Philipp Telemann ; à Amsterdam, chez l'éditeur Roger, paraissaient les premières douze sonates de Corelli pour trois cordes, où le violon dominait pour la première fois dans l'histoire, et cette publication précédait de peu la naissance du *concerto grosso*, comme déjà se préparait l'entrée dans le monde à Eisenach de J.-S. Bach, à Halle de G.-F. Haendel, à Naples de D. Scarlatti.

A Rome, Christine de Suède entendit les sonates de Corelli chez le cardinal Ottoboni, neveu du pape, et elle en fut aussitôt amoureuse, non pas du cardinal, non pas du pape, mais de cette nouvelle musique, dont elle fit venir la partition de Hollande ; et pour être certaine que l'œuvre serait dignement exécutée, elle écrivit à Crémone pour y commander un violon, une viole de bras et une viole de jambe, commande transmise par maître Nicolas au bonhomme Antoine dans son atelier de la place Saint-Dominique.

Jérôme ne s'était pas trompé. L'avenir promettait. La reine de Suède montra une grande colère quand elle apprit qu'il lui faudrait attendre deux ans avant de recevoir ses instruments. Elle avait l'habitude d'être servie plus vite et faillit casser le marché par dépit. Mais le cardinal l'amadoua en l'assurant qu'il n'y avait pas au-dessus de Crémone, et que cette attente-là valait bien une colère. La reine y fut sensible, et fit porter cinquante pistoles romaines à Crémone, comme il était demandé.

On aurait pu, dès cette époque-là, relever dans les carnets du bonhomme Antoine d'autres noms de belle patine si de tels carnets avaient existé ou s'étaient conservés. Les fils du luthier ont retrouvé des centaines de croquis, mais pas une ligne d'écriture, à croire que la réussite allait de soi, et que la clientèle devait être de qualité puisque les instruments l'étaient.

Antoine était sans doute heureux de céder ses violons, mais toujours chagrin de s'en séparer. Que lui importait que ce fût le duc de Modène ou le cardinal Orsini, le marquis Rota ou Cosme de Médicis, grand-duc de Toscane ? Jamais un violon façonné par ses mains ne cessera de lui appartenir. Ceux qui croyaient se les approprier n'en étaient que les dépositaires et conservateurs, noblesse d'épée ou de robe, anciens et nouveaux riches, l'important était qu'ils eussent de quoi payer le bon prix.

Qu'est-ce qui donne de la valeur à la chose si ce n'est le sacrifice consenti par l'acheteur ? A chacun selon ses moyens. Mieux valait s'en tenir à une certaine hauteur, pensait Antoine. On se tromperait en le qualifiant âpre au gain. Il était âpre en tout, austère, vigoureux, rude, y compris en matière d'argent. On se tromperait autant en le qualifiant avare ou mesquin. Il aimait ses violons : comment n'eût-il pas aimé les avantages qu'ils lui valaient ?

Il était sans doute sorti d'embarras, mais loin d'être sorti d'affaire. Il lui restait le solde de la maison à régler, ses filles à doter, ses garçons à établir, sa firme à consolider, sa vieillesse à préparer, il se montrait prudent parce que l'inquiétude ne le quittait pas, et pour un duc de Modène qui ajoutait trente pistoles au prix convenu, tant il était heureux de recevoir ses instruments, il y en avait d'autres, les banquiers surtout, qui chipotaient sur la somme et étalaient le paiement avec l'espoir de se faire oublier et de s'en tirer à meilleur compte.

Antoine veillait au grain, c'était son affaire de laboureur et le chef de tribu, son affaire d'homme. Lui ne mangeait ni plus ni mieux, ne s'habillait pas autrement qu'au temps de la misère, ne s'accordait ni satisfaction ni repos. Il avait des choses à faire, et il les faisait : fouiller son champ, l'ensemencer et trembler pour la récolte. En lutherie comme dans la culture, rien n'était jamais gagné d'avance. Le meilleur instrument pouvait devenir le pire. La plus étroite combinaison de vigilance et de minutie ne garantissait ni le présent ni l'avenir.

Antoine savait que les violons de maître Nicolas, si beaux qu'ils fussent à regarder et si agréables à entendre, vieillissaient mal, trop fragiles pour résister à la fatigue et au passage du temps. La seule tension des cordes provoquait parfois des cassures à la table, et la moindre variation du climat les indisposait. Par temps de pluie, les bois se gorgeaient d'humidité, et l'instrument s'amollissait sous l'archet comme un vieux radis sous la dent. En pratiquant des pesées sur le trébuchet de l'apothicaire-droguiste, Antoine releva des différences de poids sur chaque violon d'un jour à l'autre, d'une saison à l'autre.

Que les gains ou les pertes ne fussent que de quelques grammes ou fractions de gramme n'autorisait pas à écarter le problème : le violon était un être vivant qu'il fallait accepter et traiter comme tel. Après une soirée de musique, l'instrument aspirait au repos autant que l'exécutant.

Plus subtil encore : le même instrument se comportait de différente manière selon qu'il était mis dans les bras de l'un ou de l'autre. Pour quelques rencontres heureuses, combien d'indifférentes ou de malheureuses ! Les beaux parleurs incriminaient à tort l'acoustique ou l'architecture dans les salons de Venise ;

c'était la lagune qui jouait contre les violons, comme l'air sec de Crémone jouait avec eux. L'heureuse réputation de la lutherie lombarde reposait peut-être un peu sur cette contingence ? Et que dire de la lune — Alfandari s'en occupait beaucoup — dont les révolutions et les éclipses levaient des correspondances dans la mouvance des êtres et des choses ?

Etait-ce volontairement qu'Antoine prenait des risques avec la forme des violons ? Plus intuitif que réfléchi, il n'a jamais su répondre clairement à pareille question. Quand il s'aperçut qu'il avait inventé un rapport nouveau entre l'organe et la fonction, l'invention s'était déjà imposée comme nouveauté. Antoine fut le maître d'œuvre de cette transformation, mais il n'était pas seul en cause. Il avait toute une époque avec lui.

Son ami Alfandari savait manier des notions vérifiées de physique, et possédait une bibliothèque patiemment assemblée où figuraient en bonne place des ouvrages fort anciens sur les nombres, certains textes traduits du syriaque et du persan. En Italie, les réflexions de Verrocchio sur les interférences lumineuses et sonores, les musicographies de Vincent Galilée, le père de l'astronome, les carnets de Léonard de Vinci et plus particulièrement les notations sur l'esthétique fonctionnelle, et enfin les confrontations incessantes dans les académies et cénacles sur la théorie et la pratique des arts, toutes découvertes et discussions largement répandues parmi les professionnels et les amateurs, s'offraient comme excitants de l'esprit sans même qu'on y prît garde. L'expérience et l'usage s'y ajoutaient de surcroît.

Quelque chose avançait dans l'humanité d'un pas égal et ferme, et c'était l'humanité en personne. Certes, Antoine ne spéculait pas au-delà des données immédiates. En sa qualité d'ouvrier consciencieux, il avait eu à connaître certains défauts mineurs dans les instruments de sa facture, et la tentation devait être forte d'éliminer ce qui était contestable et de parfaire ce qui était perfectible. Mais le projet est plus facilement formulé que mis à exécution, car le mode d'emploi n'est pas fourni. Antoine ressentait une sorte de manque, mais n'avait encore rien à y mettre hormis un vague désir. A la limite, les choses auraient pu continuer d'aller telles quelles. Rien ne se posait comme urgent, ou comme inéluctablement nécessaire. Sauf que sa tranquillité se mourait, que les images se décalaient, qu'un malaise indéfinissable l'obsédait. A ce degré de relâchement, le hasard avait chance d'intervenir et de remettre la machine en marche.

Le hasard, en l'occurrence, ce fut Jérôme. Il avait prêté des *patrons* à Antoine. Il les redemandait parce qu'il en avait besoin. Pris de court, Antoine dut tailler ses propres patrons en catastrophe, et plutôt que de copier fidèlement les moules de maître Nicolas, il se laissa guider par ses propres expériences. S'il eut l'initiative de remodeler l'architecture, ce fut pour ôter de la fragilité et ajouter de la résistance, pour sacrifier de la grâce au profit de la durée, pour retenir l'œuvre sur le chemin de la destruction. Lui, Antoine, plus grand, plus robuste et plus fécond que son maître, coulait un peu de son corps dans le corps du violon à faire.

Il le conçut, comme il l'avait déjà fait, un *peu* plus long et un *peu* plus large, et le « peu » ici se calcule en millimètres ou fractions de millimètre, mais toute la structure s'en trouvait modifiée, avec des coins tronqués et des éclisses un *peu* plus hautes, les voûtes un *peu* moins creuses, la table un *peu* plus épaisse, le fond un *peu* moins dégradé, il pensait avoir commis un sacrilège et en fut gravement troublé, reprenant sans cesse ses mensurations et ses calculs, et sa stupéfaction fut totale quand il tint en main l'instrument enfin terminé qui sonnait plus clair, plus franc et plus loin que tout ce qui s'était construit de violons à ce jour.

Il comprit tout de suite le parti qu'il allait pouvoir tirer de cette forme nouvelle. Le génie d'Antoine, ce ne fut pas d'avoir modifié la structure et le bâti de la caisse — comme le génie de Newton ne fut pas d'avoir reçu une pomme sur la tête ; le génie, ce fut ce qui se passa après coup, dans la chimie de l'intelligence, dans la voie royale qui va de l'expérience à la conscience, dans la modification radicale de la personne en face d'une représentation modifiée. Le violon n'était plus le même. Mais lui, Antoine, non plus. Il n'y avait pas jusqu'alors de grand violoniste dans le monde, parce qu'il n'y avait pas de grand violon, et pas davantage de grande musique pour le violon. Et tout cela allait se faire ensemble en peu d'années, le violoniste, le violon et la musique, à la faveur d'une impulsion profonde qu'aucun être n'aurait pu déclencher à lui seul.

Antoine n'avait certainement pas la moindre idée de l'œuvre majeure à laquelle il venait de donner sa participation intégrale. Mais il ressentait pleinement l'effarement de n'être plus désormais que l'instrument de ses instruments.

Claire mais froide matinée d'hiver, après une nuit quelque peu tourmentée. A Sainte-Agathe, à Sainte-Marie-Madeleine, autour de la place Mineure et de l'hôpital Majeur, la chienlit avait débordé des tavernes, d'entre les baraques foraines et hors des cimetières, et s'était éparpillée par les ruelles à la suite des torches, criant, chantant, dansant comme si le jugement dernier eût été annoncé pour le lendemain. Malgré l'air vif et le vent aigrelet qui sifflait sur les tuiles, les corps tournaient en eau sous les lourds tabards et les masques de céruse, les hommes de tous âges, gens d'épée, de robe, de coche, de rame, de corvée et de misère, chauffés à blanc par la sangria et le vin de Romagne, les filles en rut, la hanche frémissante et le téton gonflé, tambourins, cymbales, crécelles, clairons, clochettes en tourbillons et bousculades, chassant devant eux des familles de rats et, par-ci par-là, une buse solitaire. La folie s'était prolongée quasiment jusqu'à l'aube, les uns copulant debout dans les encoignures, les autres injuriant les bourgeois qui leur jetaient le contenu des seaux par les fenêtres, frénésie anonyme, apothéose de sécrétions et de déjections, instincts de survivance brutalement lâchés contre les carcans du désespoir.

Quand le petit matin gris vint éclairer le théâtre, il n'en restait que des tas de chiffons et d'immondices, des relents de puanteur, et une pleine charretée de cadavres humains que le service de la voirie ramassa dans les fossés. Il n'y avait jamais d'enquête. Un accident de carnaval entrait d'autorité dans la catégorie des morts naturelles, et de toute manière, le paroxysme de la folie s'accomplissait dans la plénitude de l'innocence.

Vers le milieu de la matinée, Jérôme entra rapidement dans l'atelier d'Antoine. Il resta un moment comme figé contre le chambranle, sans rien laisser paraître de son émoi, le temps qu'Antoine mit à s'apercevoir de sa présence et de lâcher la varlope dont il était en train de se servir.

« Père a eu une attaque, dit Jérôme. Viens ! » Des deux mains, Antoine chassa vivement les copeaux et la poussière collés à son tablier de cuir et, sans poser de question, suivit Jérôme dans la ruelle.

L'atelier de maître Nicolas apparut aussi désolé que les dehors après la nuit de folie. L'un après l'autre, les deux hommes montèrent à l'étage. Sur son lit à tréteaux, le vieux luthier reposait immobile, les doigts croisés devant la poitrine, le regard déjà caillé et le souffle laborieux. A chaque expiration, sa lèvre se gonflait et laissait passer l'air comme un pet dérisoire. A son chevet, chapeau pointu et collerette plissée, se tenait le docteur Monteverdi, neveu de l'illustrissime, qui venait juste de tirer du gisant une pinte de sang écarlate. Alfandari était au pied du lit, le front plissé, l'air soucieux. Et tout autour, la lutherie de Crémone, Ruggieri, André et Pierre-Jean Guarneri, Jean-Baptiste Guadagnini, les commis et les apprentis, la larme à l'œil.

Pour autant qu'on pouvait le savoir, maître Nicolas avait passé le cap des 88 ans. Depuis un lustre, il ne faisait autant dire plus rien. Dieu le rappelait. Pour l'homme couché comme pour les hommes debout, ce n'était qu'un mauvais moment à passer.

Une sorte de remous se produisit à l'entrée du curé de Saint-Matthieu, suivi de son vicaire et d'un enfant de chœur. Le prêtre n'était pas très frais : qu'il eût participé à sa façon aux débordements de la populace par des excès plus discrets dont le clergé était coutumier, ou qu'il eût été seulement tenu en éveil par la grande rumeur et se fût alors abîmé dans des prières de clémence en faveur des égarés, dans l'un comme dans l'autre cas, le résultat était le même : il avait la jambe molle, le teint brouillé et l'haleine forte.

D'une voix pâteuse, il demanda à rester seul avec le moribond pour recueillir sa confession. Personne ne fit mine de sortir. Il était évident pour tous que maître Nicolas n'était plus en état de répondre, même par signes. Il était non moins évident pour tous que le vieux luthier n'avait certainement pas démérité pour comparaître dignement en l'état où il était.

Pris de court, le curé ne put qu'administrer les saintes huiles sans autre façon, avec des gestes furtifs comme s'il eût collé un timbre sur une lettre. Il allait se retirer dignement quand le gisant eut une série de soubresauts dans les doigts étalés sur sa poitrine, signes que le docteur Monteverdi traduisit à tort ou à raison par ces mots : il demande de la musique.

Il y eut un long silence autour du lit. Plus aucune lueur d'intelligence dans ces prunelles assombries, écarquillées sur la gelée glauque et amorphe d'un regard déjà défait. Avec une régularité de pendule, la lèvre continuait à lâcher ses bulles, dernier reliquat d'une vie désormais basculée.

Maître Nicolas avait-il véritablement remué ses doigts ? Fallait-il entendre dans cette sorte d'appel ce que le docteur Monteverdi avait cru devoir y comprendre ? Quiconque avait connu maître Nicolas était fondé de croire qu'un tel désir pouvait rester à la traîne dans cet esprit anéanti et vidé de tout désir. De la musique ? Pourquoi non ? Maître Nicolas avait sans doute *craint* Dieu, mais il avait *aimé* la musique plus que tout au monde. En un sens, il n'avait vécu que pour elle et bâti de ses mains tout un quartier où elle pût se déployer à l'aise et s'affirmer fortement, quand même il ne serait plus là pour y veiller. Ce ne pouvait pas être sacrilège.

Jérôme se pencha sur la figure de cire.

« Vrai, père ? dit-il lentement. Tu veux de la musique ? » Rien d'autre ne se produisit que la pulsation de la lèvre et le court jet d'air qui s'en échappait. Jérôme se redressa, et son regard passa de l'un à l'autre pour ne rencontrer que des visages fermés. La mine du curé n'exprimait ni acceptation ni refus. « Va chercher Jean-Baptiste, dit le docteur Monteverdi. Il viendra avec son fils. Le vicaire les soutiendra. Va ! »

Jérôme parut hésiter encore un instant. Puis, il sortit.

L'attente fut à peine soutenable. Les hommes piétinaient d'une jambe sur l'autre, mâchoires crispées car le froid commençait à se faire sentir. L'air béat, l'enfant de chœur suçait un coin de dentelle de son surplis, insensible aux ruades que lui envoyait le vicaire. Le docteur Monteverdi vérifia le pouls au poignet du moribond. « Ce sera long », dit-il. Mains croisées dans le dos, Alfandari s'était posté face à la fenêtre par où entrait un jour clairet.

Enfin, des pas pressés ébranlèrent les marches. Jean-Baptiste Vitali, citoyen de Crémone et maître de chapelle du duc de Modène, compositeur de musique de chambre et excellent violoniste entra avec une bouffée d'air froid, suivi de son fils Thomas, portant des brassées de partitions. On disposa les pupitres et les sièges. Jérôme monta de la réserve les deux plus beaux violons qu'il eût dans le moment, et un théorbe conservé dans la famille depuis près d'un siècle ; le vicaire en jouait, et allait pouvoir assurer de la sorte la basse continue.

On accorda les instruments, et on se mit à l'ouvrage. Plusieurs morceaux intitulés *Artificii musicali* assurèrent la mise en train. Assis à même le plancher, les hommes s'étaient groupés en demi-cercle autour des pupitres. Le curé, soudain bien éveillé, surveillait les partitions et tournait les pages. L'enfant de chœur battait la mesure avec le coin macéré de son surplis. Le plus mal en point était maintenant le vicaire. Il s'embrouillait dans les cordes et les doigtés, et s'attirait des regards noirs du maître de chapelle chaque fois qu'il cassait la mesure. « Sacré calotin, grogna Jean-Baptiste, tu bouffes des croches comme si c'étaient des lentilles au lard ! » En guise de protestation, le vicaire lâcha un énorme couac de son théorbe. Une grossièreté lui vint aux lèvres, mais il la retint à moitié.

On était entre soi. On se connaissait depuis que les yeux regardaient le monde. On était content d'être ensemble, curé-luthiers-médecin-apothicaire, et de faire de la musique. On s'y oubliait que c'était merveille. Même les mots aigres étaient dits d'une voix douce. « Hé là, *maestro* ! C'est dans les poils de ta pute que tu es allé chercher cette quinte ? Bémol, morpion ! » répliqua le vicaire. Mais, à propos : où en était le mourant ? Le docteur Monteverdi se leva et alla voir. « Toujours pareil, dit-il. On est parti comme ça jusqu'au soir. *Avanti la musica !* »

On attaqua une *Courante*, où le vicaire dut renoncer

à suivre en basse continue à cause du *tempo* trop rapide, et il se contenta d'arpéger les harmoniques. Jean-Baptiste avait le nez si long que l'on pouvait craindre que l'archet ne passât dessus plutôt que sur les cordes. On était mieux récompensé d'écouter que de regarder. Son écriture était élégante sans maniérisme, et son jeu souple et délié. Quoi que pût insinuer le vicaire, il n'usurpait pas sa position de maître de chapelle. Mais son fils Thomas, bien qu'il n'eût pas quinze ans, le dépassait nettement en technique et en sonorité. Un bel avenir s'ouvrait pour ce garçon, qui ne disait mot et faisait si bien sonner son instrument. Il n'y avait pas à critiquer : les deux violons étaient magnifiques, chacun des luthiers présents eût donné cet avis. Comme ils se soutenaient, se renforçaient, se mettaient en valeur l'un l'autre ! Les imprécations échangées entre Jean-Baptiste et le vicaire y ajoutaient juste ce qu'il fallait de sel et de poivre.

Les gens qui passaient par la ruelle s'arrêtaient un moment, bloqués dans leur élan par ce mélange de musique et d'éclats de voix. Tiens ! C'était la fête chez maître Nicolas ? Aucune erreur, c'était la fête. Pour quoi, pour qui ? Pour rien, pour personne ! Pour que ce fût la fête du renouveau et de la permanence, de ce qui était et de ce qui serait.

Sans transition, les deux violons s'étaient lancés dans une tonitruante *Gaillarde* à vous fouetter les sangs. Avant que le morceau ne fût achevé, le docteur Monteverdi se leva pour aller voir du côté du lit. Comme il tardait à revenir, les musiciens déposèrent les instruments et s'épongèrent en soufflant fort. Il y eut un moment de silence pesant. « C'est fini, dit le médecin. Je ne sais si c'est un effet d'ombre et de lumière, mais j'ai bien l'impression qu'il sourit. »

Jérôme abaissa les paupières de son père et les maintint closes. Il n'y avait pas à s'y tromper : maître Nicolas souriait.

Il n'y eut pas de vacance dans la lutherie crémonaise. Maître Nicolas achevait une tradition et un style destinés à rester désormais sans suite. Sa mort laissa des regrets, mais n'ouvrit aucun vide. Un nouveau violon, si semblable à l'ancien et fondamentalement différent, s'élaborait dans la tête et les mains du bonhomme Antoine. A l'endroit où le mouvement s'épuisait, il repartait de plus belle, revigoré par le changement de cap, et personne ne le savait encore, pas même l'intéressé, car rien n'était acquis, et tout restait à inventer.

Ce fut l'époque, joyeuse pour moi, de mes découvertes majeures, et l'atelier d'Antoine se trouvait dans le lot. J'ai déjà dit comment il avait retenu mes pas et piqué ma curiosité. Je ne saurais incriminer une absence de hardiesse de ma part pour être resté si longtemps sur le seuil. Une approche plus avancée ne m'eût peut-être rien appris de véritable, pensais-je sans doute. Il se faisait là quelque chose d'*intéressant,* des violons, des violes, des archets, des écrins, mais j'aurais été bien en peine de préciser en quoi cela m'intéressait, puisque je n'en avais pas l'usage.

La musique ? Assurément, elle était aussi mon affaire, et j'allais au-devant d'elle chaque fois que j'en avais le goût ou l'occasion, comme tout natif de la terre italienne. Cependant, elle n'était pas présente à ce rendez-vous. En plus des instruments, si parfaits qu'ils fussent, il fallait aussi une espèce particulière d'animaux savants capables d'en tirer l'essence, faute de quoi la promesse musicale ne pouvait s'accomplir. Si la musique était le fruit, le violon n'était que la fleur. Je n'étais pas encore mûr, en ce temps-là, pour me satisfaire d'un bonheur partiel. Je n'avais rien à demander ; rien à offrir. Je regardais, et ne me serais point risqué à passer outre. Je crois savoir aujourd'hui ce qui me retenait devant l'atelier du bonhomme Antoine : plus que l'objet qui se faisait, c'était l'extraordinaire adresse des mains qui fascinait en moi le profane. Disponible comme je l'étais, je m'arrêtais de la même manière devant l'échoppe du potier ou devant le métier du tisserand. A observer l'action conjuguée de ces deux monstres tentaculaires que sont les mains, il me vient un vertige comme devant l'espace infini. D'ici et de là, il est permis d'espérer le meilleur et de craindre le pire.

Un voyage d'études que je fis à Padoue me tint éloigné de Crémone pendant plusieurs mois. Au retour, je partageai la poste avec un personnage singulier entre deux âges, tout en verbe et en clins d'œil, qui se disait être le comte Mezzabarbe, astrologue du duc d'Este, célèbre dans tout le Nord de l'Italie pour lire l'avenir dans le ciel aussi facilement que je lisais le droit dans le code de Justinien. J'étais fort aise de voyager avec un personnage aussi important. Il voulut bien me faire quelques prédictions désinvoltes en expliquant je ne sais plus quoi par je ne sais plus quoi quand, peu avant la *cambiatura* de Sanguanato, deux hommes bruns en sarraux de toile surgirent de la broussaille, l'un armé d'un fusil à roue et l'autre d'une espèce de poignard serré entre ses mâchoires, qui nous dépouillèrent de tout y compris de nos pourpoints et bottes, malheur que notre mage n'avait évidemment pas prévu. J'en aurais pleuré de rage si la mine du comte Mezzabarbe ne m'avait porté à en rire. Par chance, j'avais mené grand train à Padoue, et je revenais avec une bourse à sec, de sorte que les bandits en furent pour les frusques et la ceinture cousue d'or du devin.

Je retrouvai ma ville assoupie sous le soleil d'été et, comme par surprise, l'atelier du bonhomme Antoine ouvert sur la ruelle des Couteliers. Soustrait à ma vue, ce paysage familier m'était complètement sorti de la tête, et je craignis, un court moment, qu'il pût n'être pas vrai tant il se raccordait à l'image du passé. Alors que j'avais moissonné et dépensé à l'université et que j'en revenais tout changé, ici rien ne s'était décalé de la largeur d'un cheveu. Plastronné de cuir blanc, le

dos raide et la tête légèrement penchée, le bonhomme
Antoine maniait le troussequin sur une planchette
émincée d'une main si sûre que j'en demeurai cloué
sur place. Son attitude n'encourageait pas à la conversation. Il paraissait à ce point retranché et tendu sur
lui-même qu'on risquait peut-être de le faire chuter
comme un somnambule en le réveillant mal à propos.

Mais dès ce jour-là, le désir était entré en moi d'en
savoir plus sur les raisons de mon émoi et sur l'au-
delà des apparences. J'ignorais que j'aurais encore à
attendre.

Un autre voyage, vivement décidé, me porta par
Florence, Gênes, Marseille, Lyon et Bâle vers Munich
et Vienne pour aboutir à Venise que je ne voulais pas
négliger, et je fus absent plus de deux années entières.
Je visitai quantité de musées, de bibliothèques, d'académies et de cénacles, et j'eus commerce avec bien des
gens de culture et de qualité, en pays français comme
en pays allemand, sans mentionner nos provinces cisal-
pines. Cette fois, le bonhomme Antoine ne quittait
jamais ma mémoire pour longtemps. Quand le nom de
Crémone était prononcé dans la conversation, le premier mot qui venait à sa rencontre était le mot *violon*.
Partout où je m'attardais, la bonne société savante et
musicienne applaudissait à cette combinaison. « Ah !
Vous venez de Crémone ? La patrie des violons, si je
ne me trompe ? » On ne se trompait pas. Le rappel
était parfois à ce point insistant que je me sentais
changé en voyageur-violon, originaire d'une ville-

violon sous un ciel-violon, et l'image des mains du luthier soudées à la gouge ou au petit rabot se logeait pour un moment dans mon esprit. Je croyais visiter le monde ; en réalité je *me* visitais !

Mais il fallait aller au-delà, et j'y allai : ce fut sans doute la leçon de ce voyage. L'Europe, ce que j'en vis, entrait en musique ; du moins, elle en assiégeait les portes. Je ne disposais, à moi seul, d'aucun élément de comparaison ; cependant des études sérieuses donnaient le phénomène pour récent, lié à l'évolution des sociétés depuis la Renaissance. A Munich, j'eus l'occasion de m'entretenir à maintes reprises avec une grosse tête de Saxon, le Doktor Schmutzig, qui achevait une monographie sur l'adoucissement des mœurs par la musique allemande, et préconisait l'usage massif de la fanfare sur les champs de bataille pour humaniser la guerre.

Je n'avais point d'opinion là-dessus ; en revanche, je fus bien aise de constater que la musique occupait la plupart des maisons que j'étais amené à fréquenter en deçà et au-delà des Alpes. Que ce fût par goût, le plus souvent, me semblait acquis ; cependant, je distinguais aussi une façon d'aller à la musique qui donnait le change pour une approche de la liberté, et l'idée même de cette liberté paraissait neuve. Cela soufflait comme un vent de dégel sur les corps transis plantés dans une terre durcie par la peine des siècles ; cela soufflait en longues poussées sournoisement tempérées, qui risquaient à tout moment de tourner en aigres turbulences et auraient certainement fait tomber beaucoup de têtes si le message qu'elles celaient avait pu être traduit en clair. Alfandari ne s'était pas trompé : la musique était chasse royale, ouverte par dérogation aux princes, ducs et pairs ; et c'était pure négligence, ou sottise, de la part des ayants droit que d'y laisser braconner n'importe qui à tort et à travers. Il y avait maldonne ; c'était par des fautes de ce genre que mouraient les royaumes.

Mais le mouvement était commencé et il gagnait sournoisement de proche en proche. Chez nous, en Italie, l'affaire restait relativement simple : quand la musique n'était pas *da chiesa,* elle était nécessairement *da camera* ; seul un esprit chagrin y eût admis d'autres genres. Au-delà des Alpes, il devait y avoir pléthore d'esprits chagrins, l'ordre tudesque dominait aussi sur la musique. Dans les bonnes maisons, le grand couvert ne pouvait plus être séparé de la *Tafelmusik* qui fixait une demi-douzaine de laquais musiciens autour des plats de porcelaine. L'exemple venait de loin et de haut. Il ne fallait pas moins de vingt-quatre *petits violons* à Versailles pour faire passer le souper du roi de France, eu égard à la doctrine du Doktor Schmutzig qui s'était évertué à décrire les vertus eupeptiques, stomachiques, péristaltiques et cholagogues de la musique *de table.* Il fallait le double d'instruments pour les soirées de bal, toujours en vertu de la théorie du Saxon sur les avantages cupnéiques, euphorisants, aphrodisiaques et sudorigènes de la musique *de danse.*

Ce fut aussi la raison qui incita le chevalier de Lorraine à ramener dans ses bagages le jeune Florentin Jean-Baptiste Lulli, devenu Lully par convenance personnelle, qui se révéla inépuisable en musique *de genre*. Dès lors, il n'y eut plus une Cour en Europe dont le prince ne fût contaminé par l'exemple français, et plus un nouveau riche qui n'eût à cœur d'imiter son prince. On manqua d'instruments, de laquais musiciens, de partitions. On se dit que l'Histoire remédierait sans doute à cette carence, et on n'eut pas tort de le croire. L'Histoire s'y mit, elle diversifia les voies de pénétration de la musique et de ses servants, et personne ne prit garde au spectre de la subversion qui se glissait dans ce sillage.

A Venise, où je fis un séjour prolongé de plusieurs mois, cette sorte de révolution avait déjà gagné la place publique. Le soir venu, pour peu que la saison le permît, d'innombrables petits ensembles de musiciens se répandaient par les ruelles et les quais, les placettes et les tavernes. On y jouait pour la charité, mais surtout pour le plaisir. Dans les déambulatoires et jardins des maisons hospitalières, le concert de nonnettes était quotidien et attirait un public populaire nombreux, tandis que la clientèle huppée se déversait dans les quatorze théâtres d'opéra pour y exercer sans vergogne le droit à la critique et à la médisance. La cité des Doges était certainement la ville la plus bruyante et la plus remuante du monde, si tant est que le bruit et le mouvement font l'affaire de la musique. C'était aussi la ville de toutes les audaces, ce dont j'aurais eu mauvaise grâce de me plaindre, car j'y eus ma part.

Ah ! Vous êtes de Crémone ? me disait-on sur le Rialto, à l'Ospedale, à la Salute, et le geste enveloppant des bras rendait tout commentaire superflu. En des temps plus anciens, le dieu de la musique soufflait dans un rameau creux ; à notre époque de transmutation, il frottait l'archet sur une théorie de cordes. Le timbre argentin du violon de Crémone transportait la mélodie du ciel, et nulle part ailleurs ne se mariait mieux au nasillement des voix haut perchées et autoritaires du peuple de la lagune, au miroitement grisâtre des eaux, au rose embrumé des crépuscules, aux épinettes des monastères, aux flûtes à bec des mendiants. Après avoir mis des couleurs partout, Venise mettait des sons partout, saturée d'art comme d'humidité, parmi les teintes d'aquarelle qui estompaient les façades délavées et suintantes des palais et des églises, assourdissant le clapotis des vaguelettes sans écume.

Cette débauche d'alanguissements et de joyeusetés ne parvenait pas à dissimuler la mort lente de la ville et de ses fastes. C'était un peu du Moyen Age qui se survivait encore, la mystique rigoureuse et quasiment anonyme d'une âme collective et d'un art impersonnel désormais caducs. Il était clair pour moi que ce monde-là devait disparaître, ou se rénover complètement, et le violon de Crémone se trouvait inclus dans ce procès. Je ne savais pas encore que le germe du renouveau était présent à Venise aussi, comme il est partout où des hommes tâchent de survivre.

Quand je revins chez moi, heureux et las, je tenais un bon prétexte pour aborder le bonhomme Antoine. J'avais vu et entendu à l'atelier de Bartolomeo Cristofori à Florence le premier *piano-forte*. A de rares exceptions près, les musiciens de passage décriaient cette nouveauté et refusaient de la prendre en compte ; mais l'inventeur ne se laissa pas décourager ; il croyait à l'avenir de son instrument avec une telle conviction qu'il entraîna la mienne. Plus lourd que l'épinette, mais infiniment plus maniable et permettant un jeu plus rapide et plus délié, le *clavicembalo* à cordes frappées substituait, au timbre aigrelet et nasillard des cordes pincées, des sonorités claires et franches comme un carillon de cloches. Il suffisait de tirer quelques arpèges du clavier, ce que l'on fit pour mon édification et mon plaisir, pour marquer le progrès réalisé dans la recherche des instruments de concert. Celui-ci n'était pas destiné à se fondre dans un ensemble, mais à être joué seul.

« Ah ! Vous êtes de Crémone ? s'écria Cristofori. Venez, je vais vous montrer quelque chose. » Il n'était pas seulement le principal facteur de luths et d'épinettes de Toscane ; le duc l'avait chargé de la conservation des instruments de musique au musée de la ville. La collection comportait plus d'une centaine d'instruments, et parmi eux un quatuor complet sorti de l'atelier de maître Nicolas, et deux violons du bonhomme Antoine.

Cristofori fit jouer la lumière sur le dos richement ondé d'un de ces deux violons qu'il venait de recevoir. De la pulpe du pouce, il effleura amoureusement les cordes, et les quatre notes de l'accord fondamental jaillirent de la table d'harmonie en quintes limpides. Le facteur souffla sur la touche comme pour en chasser une invisible poussière, et remit l'instrument sous globe.

« Que de science et de savoir-faire, dit-il, pour ébranler les deux litres d'air contenus dans la caisse ! Ne vous y trompez pas : c'est dans ce peu d'air que naît et se développe le charme du violon. Tout l'art de la lutherie consiste à maîtriser et à bien disposer cet air-là, à peu près comme le belluaire maîtrise et gagne à soi le fauve. Croyez-moi, j'ai essayé : cela n'est pas rien. Et quand cela réussit, le bonheur est incomparable. »

Il prit le second violon d'Antoine, et en fit miroiter les reflets. « Cet homme-là, dit-il, est un de ceux que j'admire le plus au monde. Je sais ce que c'est que le travail du luth, j'ai été élevé là-dedans et j'y passe ma vie. De la méthode, des soins minutieux, une attention sans relâche et, comme disent ces satanés Français, l'amour de la belle ouvrage. Tout cela, et même un peu plus, ne suffit pas à faire un violon comme celui-ci, cela est nécessaire, mais ne suffit pas. Vous avez l'idée de ce qui manque ? Moi non. On se fait des imaginations. On se dit qu'il doit y avoir un secret ; et en fin de compte, il n'y en a pas. Cela remonte à deux ans et plus, je suis allé à Crémone négocier la commande pour le musée, sur l'ordre de Cosme de Médicis. Je suis resté plus d'un mois et j'ai vu Antoine dans son atelier chaque jour pendant plusieurs heures. Nous avons un peu causé, pas trop, parce que parler n'est pas son fort. Je l'ai surtout observé à la tâche. Je voulais le surprendre en flagrant délit de magie, ou de sorcellerie. Je voulais voir quelle sorte de chimie il introduisait dans son travail. Etait-ce naïf ! Je n'ai rien surpris d'anormal. Je n'ai rien vu de particulier. Il n'a pas fait un geste que je ne sache faire aussi, et aussi bien que lui. Sous mes yeux, il a dégrossi et affiné les pièces, formé les éclisses, assemblé et collé la caisse, sculpté le manche et la coquille, posé les filets, et quand il a eu terminé, il m'a dit : " Tu vois, Cristofori, comme c'est simple ! " Et le violon était là, comme personne n'aurait pu le faire, sauf lui. Il me rappelait Michel-Ange devant le bloc de marbre qui venait de lui être livré pour le tombeau des Médicis : " Ce n'est pas difficile, disait-il ; *la Pietà* est dans la pierre, il suffit d'enlever ce qu'il y a de trop. " Simple ! Pas difficile ! En un sens, c'est la vérité. Le funambule qui cabriole sur le filin à dix mètres au-dessus du sol ne s'embarrasse pas de théorie non plus. Au point où il en est arrivé, Antoine, il fait de la haute voltige, et il n'a même pas l'air de s'en apercevoir. Je lui ai demandé la recette de son vernis. Il me l'a donnée. Il n'y a rien dedans qu'on ne connaisse de longue date. Je me suis servi de ce vernis sur un luth. Aucune comparaison ! C'est dans les doigts qu'est le mystère, dans le tour de main, dans le coup d'œil. Il faut l'avoir vu comme je l'ai vu pour le croire. »

Cristofori me reconduisait, et nous traversâmes la place de la Seigneurie sous un soleil déjà oblique. Devant le Vieux Palais, Michel-Ange nous regardait par les yeux blancs de David : « C'est pour faire comme Antoine, reprit Cristofori, que je me suis mis à expérimenter sur le clavecin. J'en faisais tant et plus, depuis assez longtemps. Pourquoi se refuser le plaisir de faire autre chose ? J'ai inventé le *clavicembalo*. Il ne plaît pas encore, mais son heure viendra, j'en suis certain. Voici deux instruments, autrefois négligés, le violon et le piano-forte, sur le chemin de la perfection. Pour moi, c'est un commencement. Je ferai d'autres essais à la suite, et d'autres en feront après moi. Il suffit de regarder et d'écouter le *clavicembalo* pour reconnaître qu'il pourra et devra être amélioré. En revanche, le violon d'Antoine est immuable. Il n'y a plus rien à y ajouter, comme il n'y a rien à en retrancher. Forme et fonction sont achevées à jamais. Je ne sais pas s'il est licite ou non d'en déduire quelque chose pour l'avenir de l'homme, mais le phénomène est exemplaire et méritait d'être signalé. »

Une procession de capucins, reliquaire en tête, me coupa la retraite vers l'auberge pendant de longues minutes. Je pris congé de Cristofori quand la voie fut devenue libre. Cette halte à Florence se place dans le

premier mois de mon voyage, qui en dura vingt-huit.
Associés aux souvenirs du trésor des Médicis et à
l'impression de douceur menaçante de la cité toscane,
les propos de l'inventeur du *piano-forte* induisaient
mainte réflexion sur le destin de nos peuples en muta-
tion. La voix de la raison et la voix de la musique
allaient ensemble, et j'aurais été bien en peine de devi-
ner laquelle précédait l'autre. Cela fermentait dans la
profondeur de l'Histoire, en dépit de l'ordre établi ;
à mon sens, la musique avait peut-être plus de chance
de s'imposer sans heurt que les idées qu'on disait
nouvelles. L'harmonie des sons dévoilait sans détour
la profonde aspiration des hommes, sans qu'il fût
besoin de recourir à la parole, souvent si ce n'est
toujours à double entendement et sujette à caution.
C'est pourquoi il était important qu'Antoine ajustât
des morceaux de bois à sa façon dans Crémone, que
Cristofori fît des expériences sur le clavecin, que Lully
devînt fortuné à Paris, et que Legrenzi instruisît les
nonnettes aux Mendiants de Venise. Ainsi, les événements majeurs du siècle se dérobaient à l'attention des
censeurs et n'en allaient pas moins de l'avant, tandis
que les pensées les plus en vue restaient timidement
à la traîne. Ainsi, il me fallut des années pour reconnaître et m'en indigner que la place du violon d'Antoine n'était pas d'être sous globe dans la collection
de Cosme, duc de Florence. Sur le moment, cela ne
m'avait pas paru évident. Et à Antoine non plus, sans
doute.

De retour à Crémone, je fus pris par des affaires propres à tout homme qui a vu arriver le moment de se fixer et de s'établir. Mais notre ville, bâtie en tourbillon, ramenait naturellement vers les ruelles du centre, et je me retrouvai presque sans y avoir pris garde à béer devant la boutique d'Antoine. Je ne sais plus bien comment s'établit le lien. Je crois que ce fut lui qui, du fond de l'atelier, m'adressa la parole le premier. Il était en train de façonner des éclisses au fer, tout à sa tâche, et je demeurai là, fasciné par les gestes de ses longues mains légères et noueuses qui paraissaient agir pour leur propre compte. « Entre ! Tu verras mieux de près ! » dit-il en dialecte lombard, sans même lever la tête. Et, comme je ne bougeais pas : « Tu me voles un peu de lumière, et il me la faut toute. Entre ! Ou va-t'en ! »

L'intérieur sentait la cire d'abeilles, la colle et la résine chaude. Le fer reposait sur un lit de braises que l'apprenti avivait en se servant d'un long chalumeau de cuivre. Antoine balançait les planchettes sur la forme en évitant d'y porter les doigts tachés de vernis. « C'est délicat à faire, dit-il. Un degré trop chaud, les fibres de la première couche roussissent, et cela n'est pas bon ; un rien pas assez chaud, et les fibres se déchirent à la courbure, et cela n'est pas bon non plus. Il faut faire sacrément attention pour passer juste entre le trop et le pas assez. Tu comprends ? Ce n'est jamais la même qualité de bois, jamais la même épaisseur, jamais la même quantité de chaleur. Quand cela résiste trop, cela n'est pas bon ; quand cela cède trop facilement, cela n'est pas bon non plus. Si tu ne veux pas rater l'ouvrage, et rater l'ouvrage c'est rater un peu de sa vie, tu avances à pas menus sur le fil du rasoir, gare à droite ! gare à gauche ! les yeux bandés de surcroît, et en plus de ce que tu as appris, tu as besoin que la chance ne t'oublie pas. Quand cela va bien, c'est facile ; et quand cela ne va pas, c'est impossible. Voilà ce qu'il y a à voir. » Il se redressa, plaqua les éclisses sur le galbe de bois et les y fixa avec des barrettes pour le temps de refroidissement. « Cela t'intéresse, la lutherie ? » demanda-t-il en plissant les paupières.

Il avait fait une réparation pour mon frère l'abbé, et connaissait mon nom de famille. Au reste, il se souvenait fort bien de m'avoir déjà vu en arrêt devant sa boutique. Le patois rocailleux de Crémone ne se prête guère aux politesses et le ton restait un soupçon bourru. Néanmoins, je me sentis encouragé à demeurer un moment, puis à revenir. Ce que j'avais à offrir dépassait de beaucoup la simple curiosité. Mais Antoine se révéla à moi très vite comme un être singulier, saturé de dons, qui n'avait apparemment besoin de rien. Il me fallait bien préciser dès le début de nos relations que ce n'était pas tant la lutherie qui m'intéressait que le luthier dans sa démarche fondamentale ; et pas n'importe quel luthier, mais lui, Antoine de Crémone, qui faisait de chacun de ses violons un être singulier. Je ne pris pas garde que je commettais la

même erreur que Cristofori, et beaucoup d'autres sans
doute, d'espérer découvrir un secret. Comme le jeu
d'échecs, la lutherie se pratique à découvert, à cela près
que le luthier opère contre lui-même. Il y avait continuité absolue entre les planchettes rangées au frais
dans la réserve de bois et l'instrument baignant dans
son vernis, contenant toute la musique passée, présente
et à venir. Et pourtant, en un point, il y avait nécessairement rupture, car ceci n'égalait pas cela. Pas plus
que le marbre n'était *la Pietà*, l'essence du bois n'était
le violon. Il y avait changement d'état, introduction
d'une qualité nouvelle, transmutation, par la seule
volonté d'un tâcheron inflexible. C'est la nature de
cette adjonction-là qui me piquait au vif. Cependant,
j'avais beau ouvrir l'œil, surveiller le geste et la mimi-
que, tourner autour de l'énigme, formuler des hypo-
thèses, je ne pus rien découvrir, pas plus qu'Antoine
n'était capable d'expliquer le comment et le pourquoi
de ceci ou de cela.

Certes, je connaissais les légendes qui animent les
forêts et enchantent les arbres. Nous n'étions pas pour
rien héritiers de Virgile et des petits démons familiers
importés par les Lombards. Si peu instruit qu'il fût
dans les affaires du monde, Antoine ne pouvait ignorer
cette autre continuité qui s'étend du roseau au chêne
et du lombric à l'homme que nous étions. Quoi qu'en
prétendît l'Eglise, l'âme contenue dans le brin d'herbe
n'était peut-être pas tellement différente de la nôtre.
Même débité à la hache, le bois se souvenait qu'il avait

été matière vivante et qu'il perpétuait une parcelle du grand œuvre naturel. Il convenait de s'en approcher avec respect, de le manipuler avec prudence, de l'amadouer plutôt que de le forcer. Il fallait l'avoir vu, comme je l'ai vu, Antoine, se mesurer avec une pièce d'érable, la palper, la percuter, l'ausculter, la humer sur toutes ses faces, la remiser pour un moment et la reprendre fébrilement, il fallait à peine de la complaisance pour supposer dans cette opération une sorte de parade nuptiale destinée à accorder deux forces antagonistes. Dès cet instant, me semblait-il, le violon s'engendrait et se décidait dans sa forme définitive. Antoine s'y révélait l'esprit fécondant, lui-même émanation de l'universel. Il se projetait tout entier sur le bois racorni qui résistait, se dérobait et l'appelait de ses tréfonds, prêt à s'ouvrir et à céder à la séduction.

Alfandari était présent, et comme moi témoin de la scène. Antoine s'était rendu compte qu'il nous intriguait. « C'est pour savoir, dit-il, si je vais travailler la pièce sur couche ou sur maille, cela dépend d'elle, non de moi, le tout c'est de le lui faire dire. »

Etait-ce raisonnable de conclure qu'Antoine parlait et comprenait le langage du bois ? Nous en causâmes, l'apothicaire-droguiste et moi, quand nous fûmes sortis de l'atelier. Alfandari était séduit par l'idée d'une opération magique. J'y voyais, moi, rien de moins et rien de plus que la conséquence d'une longue pratique. Ce qui pouvait départager nos opinions était de savoir si Antoine se trompait parfois. De son propre aveu, cela lui arrivait. Pas souvent, car il poussait très loin la maîtrise de son savoir-faire, mais cela lui arrivait. Quand il reconnaissait l'erreur, il tâchait de la réparer, à condition que ce fût possible, ou abandonnait la pièce pour un usage différent.

« A de rares exceptions près, dit-il, mes clients sont persuadés que je leur livre des instruments parfaits. On m'a fait cette réputation et je serais bien bête de parler contre. Je ne suis pas plus malhonnête qu'un autre, je laisse croire, cela arrange mes affaires et cela prouve que les gens n'y entendent rien. Mais, entre nous, je peux te le dire, chacun de mes instruments a des défauts. Des qualités, sans doute, et je suis prêt à les défendre ; et des défauts qui me laisseraient muet, car souvent je n'ai pas d'excuse. J'ai été distrait, ou fatigué, ou maladroit, sans tenir compte des taches de résine dans le bois qui ne se révèlent qu'à découvert et que j'ai réussi à masquer avec le vernis, ou des imperceptibles fentes que l'encollage le plus habile n'empêchera pas de filer ou de s'élargir à la longue. Je pourrais te montrer à la loupe les filets mal ajustés, le coup de rabot donné en trop, le coin sauté et laborieusement remplacé, je sais en quel endroit la table va céder sous la pression des cordes, et que le sol en troisième position va chuinter si la chaleur vient à être excessive dans la salle. Je sais, cela me crève les yeux et les oreilles, cela me fait mal, et je me tais. Eh quoi ! L'être humain est exposé à la faiblesse, à la maladie, à l'anéantissement. Il n'y a pas de raison, pas de raison vraiment, que le violon soit mieux loti. Il a juste une petite chance de durer plus longtemps, c'est tout, et si son destin s'accomplit ce sera un peu de mon mérite, et si ce destin tourne court ce sera un peu de ma faute. Je me serais trompé ici ou j'aurais été abusé là. Qu'en dire de plus ? Je fais comme Dieu, je m'élève au-dessus de tout reproche et je passe outre. Me ferait-on le procès qu'on ne fait pas à Dieu ? En fin de compte, je me déclare innocent. Responsable, mais innocent. Arrange-toi avec cela comme tu pourras. »

Comme se rattrapent parfois les taciturnes, Antoine devenait intarissable quand il était lancé. A propos de maladie, précisément, il avait des soucis avec sa femme. Françoise enflait et se plaignait de fatigue irréductible ; sa voix chavirait dans le suraigu et son humeur se gâtait. Antoine s'en affectait doublement, mais il ne trouvait point la parade. Il avait sans doute les moyens matériels d'honorer un ou plusieurs médecins, mais ce n'était pas l'usage et l'idée ne l'en effleurait même pas, d'autant qu'il tenait les chapeaux pointus en piètre estime. De sa vie, il n'avait touché un sequin qu'il n'eût payé d'un effort, et il connaissait trop intimement la valeur de la monnaie pour la laisser se perdre en nullités.

En revanche, il acceptait sans rechigner que Françoise fréquentât hors les murs chez les commères qui cuisaient des herbes, et qu'elle se laissât prendre dans les rets du curé Cassoli de Notre-Dame-la-Neuve. Elle ne s'en portait pas mieux, mais pas plus mal non plus, ce qui l'encourageait à persister, et Antoine inscrivait au *bajocco* près ce qui se dépensait en bonnes femmes, macérations, incantations, amulettes, et bientôt cierges, car elle chut de tout son poids dans la bigoterie.

La souffrance de Françoise était réelle, d'autant plus pitoyable que cela se prolongeait sur des années. Elle n'en avait que plus de mérite à se maintenir autant qu'elle le pouvait dans ses fonctions ménagères afin que la maisonnée n'eût pas à pâtir de ses défaillances. Julie-Marie s'épuisait en corvées pour soulager sa mère ; la fillette en devenait chlorotique, mais ne relâchait pas l'effort ; deux des garçons aidaient à l'atelier. Le train continuait vaille que vaille, la besogne ne manquait pas, l'argent rentrait. Antoine peaufinait une commande de l'électeur de Saxe, roi de Pologne, douze violons, qui en étaient au stade du vernissage, ce qui prit tout l'été. Je connaissais maintenant, mais était-ce connaître ? tout le processus de l'élaboration d'un instrument depuis le choix des matériaux jusqu'à l'ultime achèvement, et je ne saurais préciser quelle partie de ce parcours me laissait le plus perplexe.

De toutes les opérations, celle qui consiste à fabriquer la peau du violon est certainement la plus longue, la plus délicate, mais non la plus importante. Je puis témoigner que le vernis le mieux posé n'ajoute rien à la qualité du son ; en revanche, il s'en faut de peu qu'il n'en enlève. Antoine se laissait guider par le « gras du doigt », cette sensibilité particulière accumulée dans les coussinets de la pulpe, amalgame inextricable d'intuition et d'expérience, ou encore ce qui s'apprend joint à ce qui ne s'apprend pas, qualité ineffable qui fait l'artiste autant que l'œuvre d'art. Vingt fois ses mains passaient sur les méplats et les galbes polis et repolis pour en éliminer le dernier grain, la dernière rugosité, et son toucher en découvrait encore quand le mien se fût satisfait du fini depuis longtemps. Jamais il ne confiait cette préparation, si fastidieuse et décevante qu'elle fût, aux compagnons dont le « gras du doigt » ne pouvait valoir le sien. Quand il jugeait qu'il ne pouvait aller plus loin sans engager le risque de trop en faire, il appliquait, toujours à mains nues, une couche d'imprégnation au blanc d'œuf, et l'apprenti montait le violon au grenier de séchage pour un temps variable d'un instrument à l'autre, et dont Antoine seul connaissait la durée.

L'application des diverses couches de vernis au pinceau de soie n'exigeait pas moins de vigilance. A mesure que le bois s'imprégnait de reflets rutilants et que les ondes affermissaient leur dessin, le temps de séchage s'abrégeait et celui du polissage s'allégeait. Antoine utilisait des compositions éprouvées par les miniaturistes lombards et vénitiens, mixtures que lui livrait Alfandari et qu'il se contentait de teinter à l'aide de couleurs végétales. En ce domaine aussi, il expérimentait souvent, de sorte qu'aucun instrument ne fût exactement semblable au précédent. Un soir, il avait passé quatre-vingt-dix ans et la chute précoce du jour l'avait rendu mélancolique, il me confia :

« J'ai fait des enfants avec mes reins et des enfants avec mon âme. Les premiers ont peuplé ma maison ; les seconds peuplent le monde. Ceux de ma chair m'ont donné du tourment et de la satisfaction, et les voilà éparpillés autour de moi, engagés dans leur destin qui les sépare du mien. Ceux de mon âme m'ont donné du bonheur et jamais ils ne cesseront d'être tout à moi. Les premiers n'ont pas atteint la douzaine, ce qui est peu, eu égard à l'intensité de la flamme réservée dans le germe. Les seconds sont un peu plus de mille, ce qui n'est pas beaucoup pour une vie de travail étirée sur trois quarts de siècle. Mes fils, mes filles n'ont plus besoin de moi, j'ai fait pour eux ce qu'il fallait. Je le voudrais, je ne retrouverais pas en eux la parcelle de corps qu'ils m'ont prise. Mes instruments aussi n'ont plus besoin de moi, mais il n'en est pas un qu'aveugle, sourd ou paralytique je ne reconnaîtrais sans hésiter dans son entier et dans un fragment, et à chacun je pourrais restituer l'année et les circonstances de sa naissance, désigner ses qualités et ses défauts, et même raconter ce qu'il est devenu, objet d'exposition ou complément d'âme d'un musicien de médiocre ou de grand talent. J'aurais voulu les savoir tous en bonne place et en bonnes mains, mais cela aurait été trop demander. S'il en est quelques-uns qui continuent à trouver leur chemin et à perpétuer le vertige de bonheur qu'ils m'ont donné, ça va, ça pourra aller, tant que je serai là, et encore un peu après moi. »

Il s'en fallut d'un hiver pour stabiliser mes liens avec Antoine. Sur la fin de l'après-midi, je faisais, rarement moins d'une fois la semaine, le détour par la ruelle des Couteliers. Déjà l'obscurité progressait dans l'atelier. Les apprentis rangeaient les outils et les ébauches, dans cette odeur de cire surprise comme un parfum de fleur.

Adossé à son établi, ses grandes mains très blanches et fortement veinées posées à plat sur les genoux, Antoine entrait en repos. Si Alfandari ne m'avait précédé, il me suivait de près, sortant droit d'une toile de Vélasquez et jamais à court de nouvelles. Quand le dehors cessait de dispenser la dernière clarté, François tirait la toile et allumait une maigre chandelle. A ce moment, le docteur Monteverdi faisait habituellement une entrée feutrée. Parfois, mon frère l'abbé se joignait à nous. D'autres habitués ne tardaient guère, le poète Careggio, le philosophe Ripano, le géomètre Granelleschi, le peintre-miniaturiste Gozzini, et le directeur ou son adjoint de notre école de musique accompagné de quelques élèves.

Quand le vent soufflait du nord, François bourrait deux ou trois *foconi* de copeaux et jetait des poignées de châtaignes à grésiller sur la tôle. La soirée s'avançait en douceur et intelligence. C'était un temps pour l'amitié et les pensées sublimes. A quelques-uns, têtes chaudes liguées contre le pape, le roi et l'empereur, nous refaisions le monde, fâchés que nous étions que la vie ne fût pas bonne à tous, alors qu'elle pouvait l'être. D'aucuns n'étaient pas loin de donner raison aux jésuites dont le rêve fou était de refaire le Saint-Empire. Dès qu'un pouvoir s'établissait quelque part, il tendait à engraisser et à devenir excessif. Il y avait trop de pouvoirs épars en lutte ouverte ou larvée pour qu'on pût s'y reconnaître sans trébucher. Si l'Espagne déclinait, l'Angleterre montait, l'Autriche faiblissait devant l'Orient et la France guignait ouvertement la couronne impériale.

Dans le désarroi où nous étions, seul le bon vouloir restait cristallin. En un sens, nous eussions quasiment tous été mûrs pour la potence s'il se fût trouvé un sycophante parmi nous ; mais nous avions la foi et mourir n'était rien eu égard à l'ampleur de nos espérances. Ce que cette terre offrait de plus exaltant était la gerbe des arts et, au cœur de cette gerbe, le plus pur de tous, la musique. Ce fut notre choix à nous, gens d'Italie, contre la poésie épique ou tragique, contre la farce et les attrapes, et surtout contre la docilité et l'indifférence : notre choix était en train de s'installer sournoisement dans tous les États du continent.

La musique était notre mot de passe, notre langage secret, notre alibi majeur. C'est par elle, et bien qu'il ne se tînt pas lui-même pour un musicien, qu'Antoine s'accordait à notre grogne et à nos utopies. Nous, les visiteurs, ses amis, nous nous sentions coincés entre les rats et la politique ; lui n'avait des liens privilégiés qu'avec ses violons ; pendant que nous rêvions à voix haute de justice et de liberté, son silence signifiait clairement qu'il rêvait d'un nouveau galbe et de nouvelles mesures à donner à la barre d'harmonie.

Quand nous en avions terminé provisoirement de ressasser nos amertumes, venait l'heure de la dilection. Il était rare qu'il ne se trouvât pas parmi nous assez d'amateurs pour former un trio ou un quatuor ; et Antoine alignait ses instruments juste finis pour les mettre à l'épreuve. En dépit de ses malaises, Françoise ne se faisait pas faute de faire circuler le pichet d'hydromel, et les châtaignes pétaient joyeusement sur la tôle rougie. Parfois, nous avions la chance de recevoir un soliste de passage qui nous régalait jusque tard dans la nuit de virtuosités. En cette froide matinée d'hiver où j'écris ces lignes, il me suffit de baisser les paupières pour y être à nouveau : l'atelier aux limites fondues à l'ombre, la maigre chandelle et le lumignon vacillant devant les partitions, le reflet soyeux des violons et des violes, les visages tendus vers la musique et, l'image la plus tenace, les mains d'Antoine aux veines gonflées, très blanches, à plat en repos sur ses genoux serrés.

Nous nous sentions beaux et heureux au cœur de la ville endormie, en partie ruinée, sans grand avenir à cause des malédictions qui pesaient sur elle, jetée comme un défi sur ces terres noires et grasses où se préparaient sous le souffle des vents alpestres les secrètes germinations par avance vouées au gaspillage et aux détournements.

Ce fut au cours d'une de ces soirées que je vis paraître pour la première fois le curé Cassoli de Notre-Dame-la-Neuve, dont il a déjà été fait mention et sur qui il faudra revenir. Qui dira par quelles manœuvres cauteleuses ce petit homme chafouin était parvenu à dominer sur l'esprit perturbé de Françoise, la femme d'Antoine ? La rumeur publique lui attribuait pour concubine une de ces cuiseuses d'herbes recherchées pour leurs tours, et il n'est pas exclu que celle-ci ait arrangé l'affaire. En temps ordinaire, une femme ordinaire est facilement suspectée de faire alliance avec le Malin ; par temps trouble et comportement ambigu, la suspicion tourne en certitude. Qu'il partageât sa débauche avec une sorcière ne vouait pas Cassoli à l'opprobre ; au contraire : Françoise le nimbait de sainteté et on eût été mal reçu par elle d'en douter. Tout ce qui pouvait, ici, prévenir contre lui tournait de la sorte à son avantage. Il était loqueteux, engoncé dans une soutane élimée d'une saleté repoussante, le cheveu fin et gras collé au front, pieds nus dans la paille des sabots, et son approche s'annonçait de loin par une odeur maléfique qui ne pouvait que faire fuir. A entendre Françoise, il était sublime.

On est difficilement plus pauvre dans le clergé que l'était ce curé-là, chargé de la paroisse la plus délaissée de la ville. Notre-Dame-la-Neuve avait été érigée sur l'emplacement de l'égout collecteur qui continuait à rouler sa fange juste sous le transept, et à noyer après chaque averse les caves de l'église. A la longue, le bâtiment tout entier s'était imprégné d'une puanteur qui avait fini par décourager les ouailles les mieux disposées. Pas de fidèles, pas de deniers du culte, pas de dons particuliers, pas de considération. Cassoli se voyait voué à la misère. Si sa sorcière ne l'eût un peu entretenu, il n'eût peut-être pas survécu, car sa prébende s'en allait en boisson qu'il partageait du reste avec des ivrognes de passage. Apparemment, il se résignait à son état, ce qui pouvait faire croire d'une certaine manière qu'il avait l'âme haute. Imperturbablement, il continuait à célébrer la messe, le plus souvent devant des assemblées de rats remontés des sous-sols et curieusement attirés par sa voix de gorge, et à confesser une poignée de bigotes, dont Françoise. La peste, disait-on, quand elle voulait qu'on se souvînt d'elle s'infiltrait dans Crémone par Notre-Dame-la-Neuve sur permission de la sorcière et avec la bénédiction du curé. Mieux valait avoir ces deux-là avec soi que contre soi.

Nous disputions ce soir-là du quiétisme, quand Françoise fit entrer Cassoli, lequel désirait entendre de la musique. Il demeura un moment figé près de la porte, son chapeau rond collé contre sa bedaine, l'air béat ; comme il lui manquait des dents sur le devant de la mâchoire, son sourire était une exposition de trous sanieux. Je savais de bonne source qu'antipathie mise à part, Antoine n'avait aucun grief à formuler à l'encontre du directeur de sa femme ; non seulement Cassoli ne réclamait rien, mais il refusait les menus présents qu'elle lui portait, et ce trait inclinait plutôt vers la sainteté que vers la fourberie. « Approchez, soyez le bienvenu ! » marmonna Antoine sans doute pour ne pas contrarier Françoise. Avant que Cassoli eût avancé d'un pas, Alfandari et le docteur Monteverdi saluèrent à la ronde et s'en allèrent. Ce fut le signal du départ général. Je doute que le curé de Notre-Dame-la-Neuve ait entendu de la musique ce soir-là. Je ne l'ai revu qu'une fois, bien du temps après, se balançant au bout de la corde, sur la place où il fut exposé trois jours.

Il me faut encore sauter des années et laisser monter le souvenir de ce faux prêtre dont la visite à l'atelier d'Antoine fut un événement qui ne s'oublie point dans le détail. En vérité, il importait peu que cette soutane eût été ou non un déguisement de carnaval. La fantaisie et les licences des citoyens de Venise apparaissaient sur ce point sans limites. Ce tonsuré facétieux se jouait peut-être de sa robe mais non de sa jeunesse. Il voyageait en compagnie d'un vieux prélat, le marquis de Pomponne, ambassadeur de France, en route vers Rome, sans que l'on pût savoir si cette association était délibérée ou fortuite. Selon les contraintes de la poste lombarde, leur séjour à Crémone ne devait pas être inférieur à trois jours, et j'eus tout loisir d'y prendre part.

Laissons le précieux diplomate qui se tint à l'écart et ne quittait guère l'auberge, et venons-en au faux prêtre, pas si faux peut-être qu'il en avait l'air. Il se nommait en toute innocence Rosso, patronyme taillé sur mesures, car je n'avais jamais vu tignasse plus foisonnante d'un roux aussi flamboyant. Au reste, tous ses traits étaient singuliers et heurtés, le front bas, le nez démesuré à double bosse comme le dos d'un chameau, l'œil noyé dans les replis gonflés des paupières, le menton proéminent et fendu en son milieu comme une figue trop mûre, un crâne en forme de calebasse engoncé presque sans cou entre de frêles épaules.

On avait peine à croire que tant de détails disgracieux pussent former, ensemble, une personne aussi séduisante que ce jeune Vénitien. Il était d'une gaîté folle, et d'une mobilité déconcertante. Le moindre de ses propos dérapait dans le rire qui commençait par agacer vaguement et devenait vite contagieux, au point qu'il entraînait à la bonne humeur ; d'autant que Rosso était souvent vraiment drôle et ne versait jamais dans le vulgaire. Il vous posait une question, et le temps que vous rassembliez les mots de la réponse, il était déjà loin de vous à solliciter quelqu'un d'autre. Son comportement évoquait celui d'un jeune chien lâché dans un pré, apparemment en plein délire de liberté et de désordre, pesant et évanescent dans un même tourbillon, riche d'un tempérament puissant, qui s'exerçait à vivre aux dépens de lui-même.

Ce fut Alfandari qui amena Rosso à l'atelier d'Antoine, mais il ne l'y amena pas seul. Le faux prêtre était entouré d'une demi-douzaine de nonnettes,

comme le pistil au milieu de la corolle, et tout cela se
bousculait et riait à en perdre haleine. Les filles étaient
des hospitalières de la Pitié, ordre fondé pour recueillir
et élever les bâtardes qui, sans cela, eussent été jetées
à la lagune. Rosso leur enseignait le chant et la musique, éducation qui les préparait aussi bien au mariage
qu'à la galanterie. Dans l'état où je les vis, les voca-
tions paraissaient encore incertaines. Une solide
matrone les chaperonnait, la mère de l'une d'entre
elles nommée Annina *del soprano*, la plus maniérée
de toutes qui ne décollait pas de la soutane du rouquin,
sa préférée, à n'en pas douter. Quand il n'était pas
occupé à gesticuler dans le feu de la parole, le prêtre,
vrai ou faux ? la question demeurait ouverte et ne
dénaturait pas la scène, caressait distraitement la
croupe de la jeune nonne qui se pâmait à son côté,
tandis que les autres filles s'esclaffaient en chœur.

Quelqu'un dans l'assistance en fut-il choqué ? On
eût vainement cherché dans les milieux évolués de nos
Etats, un esprit chagrin qui se fût déclaré scandalisé
par les mœurs du clergé, les plus hauts dignitaires
donnant ouvertement l'exemple de la dissolution ; on
était plus enclin à leur reprocher l'hypocrisie du discours que le passage à l'acte qui les faisait apparaître,
au contraire, plus humains et plus proches du commun.
Rosso ne s'embarrassait pas de faux-fuyants, ce qui ne
pouvait que le rendre sympathique dans notre cénacle.
Au reste, les gracieuses rondeurs de l'Annina appe-
laient le contraire du mépris, et plus d'un d'entre nous

eût volontiers changé sa place contre celle du prêtre roux à ce point libéré des préjugés.

Par une malice du hasard se trouvait ce soir-là parmi nous un quasi-homonyme du jeune Vénitien, le violoniste Adolfo Rossi qui revenait d'Allemagne avec des partitions nouvelles destinées à la chapelle du duc de Modène, musique dont nous allions avoir la primeur. A peine Rossi eut-il épaulé son instrument que Rosso se saisit de l'Annina et l'entraîna à la danse du menuet dans l'espace exigu entre les sièges. Les autres filles et les habitués de l'atelier ne se firent pas prier pour en faire autant. Seul Antoine resta assis dans sa pose habituelle, les mains à plat sur les genoux, mais ses traits détendus exprimaient le plaisir qu'il prenait à se trouver au milieu de cette joyeuseté improvisée. Une farandole se constitua, conduite par le Vénitien, qui sortit par la porte, s'étira dans la ruelle, fit le tour du parvis de l'église et revint dans l'atelier en sautant par la vitrine. Une gigue, un autre menuet, une allemande, une sarabande prirent la suite, Rossi s'échauffait, Rosso s'enhardissait, les filles se déchaînaient, et bientôt tout le quartier était dehors pour jouir du spectacle. Cela dura bien une grande heure, et ne s'arrêta que par épuisement des danseurs. On but de l'hydromel, le temps de reprendre son souffle, l'Annina se lovait au flanc de la soutane de Rosso qui lui flattait distraitement les avantages, tandis que Rossi remplaçait une corde sautée.

Allait-on recommencer la fête ? Au fait, le jeune

prêtre examinait de près les instruments d'Antoine. Celui-ci en fit descendre du grenier. Il nous apparut tout de suite que le rouquin était un violoniste de très grand mérite, bien plus habile que son quasi-homonyme. Si je n'avais déjà entendu les nonnettes à la Pitié de Venise, dissimulées derrière des grilles, ce qui ajoutait une pointe de mystère à leur virtuosité, j'aurais comme la plupart de mes compagnons, crié au prodige. En distribuant les rôles, Rosso présenta ses élèves : Pierina et Michieletta *del violino*, Lucietta *della viola*, Luciana *del cello* ; Cattarina *del cembalo* resta inemployée, faute de clavecin. On joua un concerto pour deux violons de la composition du jeune maître, et dès les premières mesures j'eus le sentiment qu'il se passait là quelque chose d'important.

A l'exception de Rossi qui jugea les basses un peu faibles et le contrepoint sommaire, ce qui pouvait être mis au compte d'un léger dépit, l'auditoire fut enchanté, et le mouvement lent dut être bissé. Pour ma part, je me reconnus surtout sensible aux reflets en double miroir de l'homme et de son œuvre. D'un bout à l'autre du concerto, le rouquin flamboyant était charnellement dans sa musique. Le voir et l'entendre, cela devenait tout un. La ligne mélodique, d'une remarquable richesse d'invention se développait dans une extrême mobilité, aguichante et sensuelle, haute en couleur, d'une simplicité raffinée qui jaillissait avec naturel d'un savoir-faire parfaitement maîtrisé ; cela bondissait, voltigeait, pirouettait sous les notes, cela riait derrière les soupirs et se moquait du monde comme de soi-même, cela vous prenait à bras-le-corps et ne vous lâchait plus jusqu'à l'accord final qui vous laissait dans un curieux état d'assouvissement et d'insatisfaction mêlés. On eût aimé en entendre encore, et comme le silence était bienfaisant ! Ce fut assurément un grand moment. Il y avait du bonheur à l'avoir connu.

Rosso loua fort les instruments d'Antoine et plus particulièrement les violons. Il se préparait à majorer la place du soliste dans l'orchestre, il voyait soudain cette voie ouverte et libre. « L'art collectif, dit-il, avance sur la trace de l'inventeur solitaire. » Antoine opina d'un signe de tête. Rosso eût volontiers acquis plusieurs violons pour lui et les filles de la Pitié, mais il ne disposait d'aucun crédit ; il promit d'y travailler.

Il y travailla, en effet. On sait qu'il devint entrepreneur de spectacles, qu'il amassa une fortune rapide aussi vite dilapidée et qu'il n'eut pas de chance avec ses opéras. En cette froide saison où j'écris ces lignes, il se meurt lentement de misère, oublié et délaissé, dans un hospice de Vienne. Il me reste un détail à rectifier : Rosso, c'était son sobriquet en usage auprès de ses intimes. En réalité, son nom est Vivaldi. J'aimerais qu'on s'en souvînt.

L'information sur le massacre des Vaudois ne nous parvint que plusieurs semaines après les événements ; mais, un libelle publié à Genève et colporté dans les académies et cénacles avancés de la péninsule ne nous en ménagea pas le détail. Ce que la France avait commis là était immonde et avait de quoi faire hurler de colère et de dégoût.

Sur les pentes boisées et dans les hautes vallées du Rhône vivait un peuple d'agriculteurs et de bergers en fraternité évangélique pratiquant un culte d'où étaient bannies l'imagerie polychrome et les statues de bois ou de pierre. Les prêtres, peu nombreux, y portaient la barbe, à l'instar des apôtres ; cette particularité leur valut d'être surnommés par les traditionalistes savoyards et turinois les *barbets*, les chiens poilus. Chiens, ils n'étaient plus hommes que d'apparence. On pouvait donc les tuer, sans encourir de poursuites en pays catholique. Mais les Vaudois se gardaient bien de sortir de leurs replis alpestres ; la paix biblique s'y perpétuait en dépit des remous qui agitaient les peuples d'alentour.

Se pouvait-il que ce peuple bucolique pût faire ombrage à la gloire du roi de France ? Le père Tellier, confesseur de la veuve Scarron, s'était persuadé que cela se pouvait. Jour après jour, il soufflait sur les vapeurs mystiques de Madame Louis dont le plus grand mérite était d'avoir donné le fouet aux princes du sang. Même après son mariage secret avec le roi, elle restait investie du titre de *gouvernante* qui la mettait en position de *gouverner*. Cette femme sans grâce, au ventre sec, œuvrait à son salut et n'œuvrait qu'à cela. On lui fit voir que les rescapés de la Révocation iraient se réfugier en pays de Vaud où ils avaient chance de trouver asile, et que c'était pactiser avec l'hérésie que de le tolérer. Pour empêcher cela, quoi de plus juste que d'exterminer les Vaudois ? Madame de Maintenon n'en doutait pas. Comme elle passait chaque fin d'après-midi, deux à trois heures en tête à tête avec le roi, elle eut tout loisir de plaider l'affaire ; elle n'eût pas été la femme qu'elle était si elle se fût résignée à un échec.

On l'a assez écrit : Louis XIV régnait encore, mais ne gouvernait plus. Quoi qu'il eût fait dans sa vie déjà longue : des princes, des bâtards, des guerres désastreuses, des chasses brillantes et des mots historiques, il était fatigué, livré à l'ennui et aux complications domestiques. Il n'en était pas moins de droit divin et n'avait de comptes à rendre qu'à Dieu. Edenté, tourmenté par la colique et la flatulence, mordu au fondement par la varice et au jugement par la sclérose, il se reposait sur la pureté de son épouse. Que n'eût-il accordé pour avoir la paix ? Las, il signa le décret que lui présenta Louvois. On équipa et arma à la hâte quatre mille dragons, auxquels on joignit quatre mille Savoyards, huit mille guerriers en tout qu'on expédia contre les deux mille agriculteurs et bergers vaudois.

Sous le commandement de Catinat — il s'en fallut de peu qu'il vînt aussi commander à Crémone ! —, la troupe entra dans les villages et passa au fil de l'épée tout ce qui bougeait, hommes, femmes, enfants, bétail, chiens, volailles. Le libelle fournit des détails atroces. Pour faire plus vite, et quand le terrain s'y prêtait, la soldatesque jetait les habitants par paquets du haut des roches, et se gaussait de voir les corps se disloquer sur la pierraille. Aucun des malfaisants n'avait le sentiment de mal faire. C'étaient de braves gars de Picardie, de Bourgogne, de Savoie, anciens paysans eux aussi, à qui on avait fait accroire qu'ils travaillaient pour leur salut. Haro sur l'hérésie ! A Lochx, on vit des dragons jouer à la balle-au-pied avec des têtes ; à Trough, une escouade de joyeux lurons se mit en devoir, histoire de rire, d'écorcher vif un *barbet* de belle prestance, et ce malappris eut le mauvais goût de trépasser juste comme on lui allait tirer la peau sur les épaules ; à Entrach, une jeune fille fut détaillée au tranchet et le tronc violé à l'avers et au revers. On finit par venir à bout des hérétiques avant la fin de la journée. Catinat signa l'ordre attestant que la besogne était faite et bien faite. Quand la nouvelle parvint à Versailles, le roi alloua à son général une gratification sur sa cassette personnelle.

Le 25 janvier suivant, l'évêque de Meaux monta en chaire pour célébrer en style noble cette victoire comme il convenait : « Vous avez affermi la foi, vous avez exterminé les hérétiques. Roi du ciel, conservez le roi de la terre ! »

L'Angleterre passa l'événement pudiquement sous silence. L'Allemagne, terrorisée, ne dit mot. La Hollande se voila la face. La Suisse sauva les rares rescapés et les fit témoigner. Les Etats cisalpins n'eurent qu'à se prendre en pitié : ces magnifiques soldats du roi de France, Catinat en tête, la succession d'Espagne menaçait de nous les lâcher sur la Lombardie et sur Crémone, pauvres de nous ! Ou fallait-il opposer à la France de Bossuet celle de La Fontaine ?

Ici, il convient de nuancer et de démonter la lourde machine politique. Que le trône de Madrid fût occupé par un prince allemand à la dévotion de l'empereur d'Autriche, cela ne sauvait pas l'Europe de Charlemagne et de Charles Quint ; en revanche, cela ne pouvait qu'indisposer la France qui se voyait menacée sur deux fronts. Compatriote et émule de Machiavel, Mazarin avait vu juste et loin en mettant l'Infante dans le lit nuptial du jeune Louis. Il la fit souffrir, mais lui fit aussi des fils qui se posaient en prétendants légitimes à régner sur l'Espagne. Et voici que la branche allemande allait s'éteindre sans héritier direct. C'était le moment ou jamais de faire en sorte qu'il n'y eût plus de Pyrénées, mot historique. Ce n'était un secret pour personne que l'empereur réservait la place à son cadet, l'archiduc Charles ; mais il était à court de moyens pour imposer son choix. L'Autriche avait trop à faire contre les Turcs et les Hongrois — les mécréants et les mécontents — pour accepter d'entrer dans une aventure, et Louis XIV opéra si vite que les chancelleries ne surent la nouvelle que le fait accompli : Philippe d'Anjou, petit-fils de France, était assis sur le trône d'Espagne, la couronne sur la tête, le sceptre à la main. Même s'il n'y avait pas eu testament, vrai ou faux ? la chose se fût accomplie de la sorte. « C'était écrit », disait Alfandari, énigmatique.

Du coup, Philippe d'Anjou étendait ses mains sur les possessions espagnoles, et l'Italie du Nord tombait dans le camp français. Si l'empereur ne pouvait rien faire sur le Manzanares, il pouvait réagir sur le Pô. Une guerre se préparait dont nous allions être l'enjeu.

Catinat reçut quatre-vingt mille hommes armés pour se gagner les bonnes grâces du duc de Milan et s'assurer de tous les passages alpestres, à l'exception de ceux de la Vénétie qu'il ne pouvait se risquer d'investir sans faire rugir et bouger l'Angleterre, chose qu'il fallait éviter à tout prix. Or, c'est précisément par là que le prince Eugène, fort bien informé par ses officiers d'état-major, on verra à la faveur de quelles circonstances, fit avancer les armées impériales. Prenant par des escarpements, des précipices et des sentes réputées impraticables, sacrifiant hommes, chevaux et canons aux accidents du terrain, bravant les glaces, les pluies et les brouillards, le diable d'homme parvint à faire tomber trente mille soldats dans le dos de Catinat. La Sérénissime fit semblant de n'avoir pas remarqué que son intégrité avait été violée, mais elle crut devoir faire ce cadeau à l'Autriche, espérant autant en retour : ce sont là de menus services qu'on peut se rendre entre ennemis.

Le général français venait de mander un courrier à Versailles pour informer le ministre et le roi qu'il tenait les Alpes si bien verrouillées qu'une mouche ne passerait pas par ses avant-postes, quand il entendit le canon et se vit tourné. Il fallut décrocher, ce qu'en bon militaire il fit promptement. Certes, la partie était par trop inégale et les Autrichiens ne pouvaient pas sérieusement inquiéter les Français. Catinat manda un second courrier, reconnut avoir été surpris, affirma qu'il tenait la situation bien en main et se repliait sur des positions fortes préparées à l'avance — d'où une série de harcèlements le délogea sous peu.

Dans l'attente de recevoir les renforts qu'il avait demandés d'urgence et que Vienne, à bout de souffle, ne pouvait lui expédier, Eugène devait éviter la bataille rangée et multipliait des simulacres faisant ici et là beaucoup de fumée et de bruit. Décontenancé, mais prudent, Catinat avançait à reculons, cherchant, sans la trouver, l'occasion de se ressaisir. Troisième courrier à Versailles. Quand il s'agit de masquer une situation précaire un général est rarement à court d'arguments. L'été passa là-dessus, et l'automne. De position préparée à l'avance en position préparée à l'avance, les armées françaises continuaient à céder du terrain devant un adversaire surprenant et insaisissable. Louis XIV était capable de pardonner beaucoup, assuré qu'il était de la protection du ciel. Mais quand les noms d'Adda et d'Oglio parurent dans les communiqués, il comprit que ses armées allaient au désastre. Catinat fut destitué sur l'heure et remplacé par Villeroy qu'il fallut aller chercher sur le Rhin. Il était grand temps, en Italie, de préparer les quartiers d'hiver.

Mal conseillé ou mal inspiré, Eugène se rabattit sur la cité lacustre de Mantoue pour s'y retrancher pendant la froide saison. Mais les pluies avaient gonflé les marais autour de la ville, et il ne put s'en approcher, toutes les voies d'accès étant coupées hormis la route du pont-levis puissamment défendue par la garnison de la place. Une tentative d'effraction eût été trop aléatoire. Sagement, Eugène s'abstint de risquer la vie de ses soldats sans profit. Voici donc les impériaux campant en rase campagne, et l'hiver était là, particulièrement rude cette année-là. On manquait de vêtements, de couvertures, de paille sèche, d'argent surtout pour fourrager et acheter de la viande sur pied. Un émissaire, envoyé à Vienne, revint les mains vides ; non seulement le trésor était à sec mais encore les banquiers refusaient à l'empereur endetté de nouveaux crédits. Continuer la guerre dans ces conditions était pure folie.

Les Français, en revanche, sous les ordres de Villeroy, s'étaient enfermés dans Crémone et y menaient bonne vie. Les Espagnols chassés, il y avait autant de place qu'on voulait en ville, de la nourriture, du fourrage, des femmes, du bois de chauffage, il suffisait de commander. L'intendance payait avec des louis d'or tirés d'on ne sait où mais en monnaie bien frappée, de celle qui fait des miracles partout où elle passe. L'hiver pouvait durer ce qu'il voulait, nous étions parés, aussi bien sinon mieux qu'en temps de paix. Je puis témoigner que si on ne les dérange pas dans leurs occupations essentielles : dormir, manger, boire et forniquer, les Français ne sont pas mauvais bougres. Ils sont même capables de bien se conduire quand on a pris soin de ne pas les exciter. Bien qu'ils soient pour la plupart fermés à la musique, ils ne sont pas tous à rejeter, certains officiers se montraient en quelque sorte doués d'esprit. Ainsi j'appris par l'un d'eux, un soir de liesse, que tout le courrier d'état-major passait par le prince de Vaudémont qui gouvernait pour le roi en Milanais et avait deux fils au service de l'empereur chez Eugène ; quoi de plus naturel que de faire échange de renseignements comme de civilités à l'échelon le plus élevé ?

Villeroy installa son quartier au palais Offredi, au nord-est de la ville. La maison est devenue célèbre, et fait partie des curiosités que demandent à voir les étrangers. Il y a quelques semaines de cela à peine, un juriste de Dijon, le président Charles de Brosses, qui m'était fort recommandé, de passage à Crémone, ne se tint pas pour content qu'il n'eût fait le tour de la bâtisse où le général de Villeroy fut fait prisonnier. « Est-il vrai, demanda de Brosses, que le maréchal dut lever les bras et qu'il en perdit ses chausses ? » Il s'en émoustillait fort, le président, car les Français ne s'aiment pas entre eux et se réjouissent volontiers des mésaventures d'autrui. « Je n'y étais pas, dis-je. Il me répugnait de sortir, peur d'attraper un mauvais coup. Mais je puis vous assurer que le maréchal de Villeroy a été traité civilement selon son rang, et qu'aucune offense ne lui a été faite. » De Brosses eut l'air déçu par ma réponse. Il a dû conclure que je mentais.

La nouvelle paraissait incroyable, et pourtant chacun pouvait s'en assurer à la jumelle à l'aube de cette matinée de janvier : Eugène mettait le siège devant Crémone. Opération suicide, s'il en était, car il s'exposait sous les canons français sans espoir de seulement égratigner la ville. Un fossé de trente pieds de large et une forte muraille de quinze pieds de haut nous protégeaient contre toute surprise. Villeroy mit les vigiles aux créneaux et fit disposer l'artillerie en rangs serrés. Quand un boulet autrichien faisait explosion sur une toiture, deux boulets français allaient se perdre dans les frondaisons. Ce fut, pendant tout le mois, un dialogue de sourds, car nous finissions par ne plus l'entendre. L'ordre du jour du maréchal, renouvelé chaque matin, était qu'il ferait *danser le rigaudon* au prince, et nous n'étions que trop enclins à y croire. Quand Villeroy paraissait à la revue, chamarré de fourrures et de dorures, gonflé d'entremets et de morgue, la bajoue lourde et le front léger, il nous manifestait que Louis XIV était un grand roi, la France une nation puissante et riche, et lui un héros d'un métal incomparable. Notre chance était qu'il fût là, avec ses officiers bien lavés qui sentaient bon, avec ses Picards, Bourguignons, Savoyards prêts à se laisser saigner pour la Lombardie et la liberté de Crémone. Oubliés les Vaudois, les *barbets* égorgés ou écorchés, les corps déchirés sur la pierraille. L'ordre régnait en ville, monotone, rassurant. La troupe ne pillait pas, ne violait pas ; on trouvait de tout dans les boutiques, pour vingt francs on pouvait s'offrir une vierge, pour dix une jeune veuve ou une récente mariée.

De l'autre côté, chez Eugène, les choses n'allaient pas si bien que cela ; et même elles allaient assez mal. Faute de toucher la solde, la troupe se débandait par petites unités qui s'éparpillaient dans la campagne et terrorisaient ce qui restait de paysans. Les hommes suçaient le cuir de leurs bottes, les chevaux léchaient l'écorce des arbres. Abandonné par son maître, lâché par ses valets, que pouvait-il encore espérer, le prince ? Pas même une mort glorieuse, si tant est que la mort pût l'être. Grelottant sous la tente surmontée de l'aigle impériale, il rongeait son frein et cherchait en vain quelque expédient. Il eût capitulé si un événement insolite ne s'était produit pour le sauver.

J'étais, comme la plupart de mes compatriotes, ignorant des enchaînements de l'Histoire, de ses détours, redondances et dérisions. Sans la science d'Alfandari, je n'aurais rien compris à la situation. Eugène et Villeroy, remontés à s'exterminer l'un l'autre pour la satisfaction d'un monarque lointain étaient, qui l'eût cru ? quasiment de la même famille, tous deux nés et grandis à l'ombre de Versailles ; et si cela n'était, restait qu'ils étaient du même monde et du même côté de la barrière. Eugène était tombé du ventre d'une *Mazarine,* une des nombreuses nièces du cardinal dont il avait truffé la ville et la Cour et qui espionnaient pour son compte : Olympe Mancini, « la noire Olympe », comme on l'appelait, pas tant pour ses cheveux que pour ses mœurs. Quand Louis XIV eut vingt ans, il en fit sa maîtresse, sans doute à la suite d'une habile manœuvre de Mazarin qui vouait ainsi le roi à sa merci ; mais l'affaire ne réussit qu'à moitié, car Louis se lassa d'Olympe et la repassa à Villeroy qui en usa tant et plus jusqu'à ce qu'il devînt urgent de la marier. On trouva preneur en la personne du prince de Savoie-Carignan, le cardinal bénit les épousailles, et la noire Olympe mit au monde dans les délais légaux et en l'hôtel de Soissons, à deux pas du Louvre, un enfant de sexe mâle de sept livres qui cria aussitôt et fut prénommé Eugène.

Il ne sert à rien de faire des suppositions en la matière, le temps est révolu et l'intérêt émoussé. Bien que l'on sût de bonne source que Louis XIV ne quittait jamais tout à fait ses maîtresses, et les revoyait quelquefois, histoire de se convaincre qu'il avait eu raison de rompre, on peut négliger ici l'hypothèse d'une paternité clandestine, car le roi n'oubliait jamais ses bâtards, qu'il comblait généreusement de ses bienfaits, et il traita Eugène très durement. L'hypothèse Villeroy est plus ambiguë : comment le jeune prince, élevé pour devenir prêtre et évêque, se découvrit-il soudain au sortir de l'enfance une vocation de soldat ? Ce n'est point que l'aptitude de ferrailler fût héréditaire ; mais en l'occurrence, le choix est singulier. Le plus bel avenir dans la hiérarchie attendait celui que Louis XIV surnommait dédaigneusement « le petit abbé », et voilà que la soutane était jetée aux orties en échange d'une lieutenance, que le roi refusa sans donner ses raisons. S'il voulait se battre, Eugène ne pouvait y réussir que pour d'autres que le roi de France. Mais il faut aussi laisser une petite chance à Savoie-Carignan issu de l'illustre maison de Bourbon-Soissons, homme de culture. Eugène était, comme on dit par chez nous, *pourri* de dons ; outre qu'il parlait

six ou sept langues à la perfection, il avait lu tous les
poètes d'Esope à La Fontaine, se frottait à tous les
arts avec un égal bonheur, et savait tourner des lettres
dans un style admirable. Quoi qu'il eût entrepris, il
fût allé aux sommets. Il n'avait pas vingt ans quand
il se mit l'épée au côté, libéra deux chevaux dans la
stalle aux écuries de son père, paya un écuyer, et
s'en fut à Vienne où l'empereur Léopold Ier, grand
ennemi de la France, embauchait pour la guerre.

Peut-on dire que le prince Eugène fut traître à son
pays ? On ne le peut, ce me semble. La France, c'était
le roi, et ce roi avait humilié une femme, peut-être
indigne mais cela n'ôte rien à l'outrage, et bafoué son
fils. Entre Eugène de Savoie et Louis XIV, ce fut
une affaire personnelle qui passe très loin au-dessus
des idées communes. Dès qu'il eut acquis quelque
renommée dans la campagne contre les Turcs, le
jeune prince ne cessa plus de se battre contre le roi de
France partout où cela se pouvait, sur la Meuse et
sur le Rhin, sur le Danube et sur le Pô, glorieux
comme le pouvait être Alexandre de Macédoine et
pénétré de science et de conscience comme le pouvait
être Aristote. Quand Louis XIV mourut, Eugène
troqua le glaive contre l'écritoire ; il est vrai qu'il
avait contracté des rhumatismes sur les champs de
bataille qui ne guérissaient pas, et qu'il se trouvait
mieux dans un fauteuil capitonné de diplomate que sur
le dos d'un cheval de chef de guerre. Pendant près
de vingt ans, Eugène fut le maître occulte de l'empire,

ce qui n'est pas mal réussi pour un « petit abbé ».

Dans ce face à face pathétique et dérisoire, nous autres gens de Crémone n'avions pas à prendre parti. « L'un porte la peste et l'autre le choléra », disait sentencieusement Alfandari, un doigt levé. Pour ma part, je ne changeais rien à mes occupations et habitudes. Le dialogue absurde à coups de boulets de canon qui s'engageait à des moments perdus au-dessus de nos têtes ne me sollicitait pas. A ma connaissance, les boulets ne cassaient que des tuiles et des vitres ; mais des victimes humaines n'eussent pas modifié les données. La ville était en crise latente, prise dans une tension qui nous dépassait. Aucun de nous n'ignorait que la soldatesque, pour l'heure débonnaire, pouvait du jour au lendemain se déchaîner et devenir féroce, cela s'appliquait aux Français comme cela se fût appliqué aux Autrichiens. Resserrer nos liens, ne pas s'exposer, telle était la conduite qui se recommandait de soi. Le souhait constant était de survivre à la crise et de réprimer nos humeurs, car les motifs de mécontentement ne manquaient pas. Le coût des denrées et des services renchérissait. Il y eut des substitutions inattendues, des trafics étranges. Ici et là, des objets utiles venaient à manquer quand d'inutiles abondaient. Premiers servis en tout, les Français ne nous laissaient que les rebuts. Cela faisait grogner sous cape, mais restait supportable. En y mettant le prix, on pouvait se tirer d'affaire, et l'argent aussi se multipliait et se collectait en circuit fermé. L'existence adoptait un nouveau rythme. Les assiégeants tiraient trois salves le matin, cinq dans l'après-midi, histoire d'entretenir des rapports suivis avec les assiégés qui ripostaient à mesure en dédoublant les coups. On ne voyait des soldats dans les rues que le dimanche et jours fériés ; le reste du temps, le commandement les tenait encasernés ou les expédiait à l'exercice hors de la ville. Ceux qui assuraient la sécurité et la garde avaient pour consigne de ne pas trop se montrer. A midi, un long roulement de tambour sur la place du dôme appelait quelques curieux à la revue. Le maréchal de Villeroy arrivait sur son cheval blanc, faisait un petit tour, et regagnait ses appartements jusqu'au lendemain. Je mentirais en disant que la situation nous mettait à l'aise ; je ne mentirais pas moins en faisant croire que ce ne pouvait être pis.

Plus que jamais, je retrouvais mes amis à la tombée du soir dans l'atelier d'Antoine, lequel n'avait pas arrêté de gratter du bois tant qu'il faisait jour. Ici, nous étions hors des remous de l'Histoire, dans l'intemporel. Les propos qui s'échangeaient balançaient entre l'allusion et la généralité, sans toucher terre. Quelle griserie que de se retrouver à quelques amis pour remodeler le monde, le représenter juste et paisible à l'usage des honnêtes gens, de le rouler dans un bain de musique pour le rendre beau de surcroît. Pour être équitable, il me faut préciser que, de nous tous qui parlions beaucoup, seul Antoine qui ne parlait guère faisait avancer notre projet. Violon après violon, il bâtissait ce monde parallèle de justice et de beauté dont nous rêvions. Quand la journée avait été morne, il nous arrivait d'exposer nos agacements. Le docteur Monteverdi était rarement à court d'histoires de malades à faire pleurer de rire ou rire d'avoir pleuré, le partage restant douteux ; Alfandari n'en finissait pas de voyager en Orient ; le palais de Justice recelait une mine d'anecdotes et les bévues, vraies ou inventées, de Villeroy fournissaient le supplément. Antoine se plaignait de sa seconde épouse qui dépensait trop à son gré ; il fit le compte qu'elle lui coûtait un quart de plus que Françoise nonobstant le renchérissement, et il en eut de l'aigreur. Autre sujet de mécontentement : les cordes torsadées qu'il tirait d'un couvent de Vénétie se révélaient ces temps derniers de qualité médiocre et cassaient au montage ; et celles qu'il avait commandées à Florence et à Naples n'arrivaient pas à cause de la guerre. Il manquait aussi de mèches de crin pour ses archets, et l'importateur gênois ne répondait pas aux lettres. Quand les pichets d'hydromel étaient vidés et nos cœurs remplis d'espérances, nous rentrions chacun chez soi en rasant les murs, car la patrouille, au cas où elle se fût aventurée dehors, avait reçu l'ordre de tirer à vue.

Ce fut, il m'en souvient, au tout début du siège qu'un courtier vint visiter Antoine à l'atelier, avec une proposition singulière. Des années plus tôt, les chantiers navals de la Giudecca avaient importé de Dalmatie un plein cargo de billes d'érable destinées à la confection des rames pour les gondoles ; or, il arriva que ces rames de si bel aspect ne faisaient pas l'usage et cassaient comme si elles eussent été de verre. La fabrication fut abandonnée et les billes laissées en tas sur le quai où le cargo les avait déchargées. A condition qu'Antoine prît tout le lot, le courtier se faisait fort d'obtenir un prix très avantageux ; et il sortit d'un sac une petite coupe grossière sur maille en guise d'échantillon. Antoine examina longuement et dans tous les sens le morceau de bois, en fit sauter ici et là de l'ongle du pouce une fibre molestée par la scie, percuta du médius plié les surfaces et resta longtemps silencieux comme s'il avait à se faire violence ; enfin, du bout des lèvres, il proposa la moitié du prix demandé. On se mit d'accord sur les deux tiers et on convint de la livraison.

Quand le marchand nous eut quittés, Antoine s'anima soudain. « C'est la plus belle essence d'érable qui me soit passée par les mains, dit-il. Jamais je n'ai vu un bois aussi serré, aussi souple, aussi talentueux. » Il avait bien dit « talentueux », j'en atteste. Et d'ajouter : « Tu verras, tu entendras les violons que j'en tirerai. » Mon étonnement n'était pas de ceux qui se laissent oublier. Alors qu'il avait passé la cinquantaine, alors qu'il savait que ses fils s'évaderaient du métier dès qu'il ne serait plus présent pour les y maintenir, alors que le monde était entré dans une guerre qui menaçait de durer longtemps et que la

LE LUTHIER DE CRÉMONE

ville ployait sous les boulets de l'assiégeant, il venait d'acheter du bois pour trente ans d'avance. Je n'aurais pas su dire alors si Antoine avait agi par excès d'inconscience ou par excès de courage. Aujourd'hui encore, le programme rempli et le pari tenu, je ne saurais en décider.

En 1441, Blanche-Marie Visconti, héritière du Milanais, fut accordée en mariage à François Sforza et elle reçut comme dot la ville de Crémone où elle était née et qu'elle aimait par-dessus tout. A la suite de diverses vicissitudes et luttes clandestines, Crémone revint en 1499 à la république de Venise qui l'engloba dans sa possession continentale. A cette occasion, la Sérénissime, méthodique comme elle l'était, envoya ses géomètres établir un plan de la ville. Et c'est ce plan, tiré des archives de la Lagune, que le prince Eugène avait présentement sous les yeux. On y lisait à découvert et sans erreur possible que l'égout collecteur qui passait en pointillé sous l'église de Notre-Dame-la-Neuve se prolongeait en pointillé sous la muraille et s'abouchait librement au flanc du fossé d'enceinte.

Eugène tourna un moment en rond, puis se décida. Il choisit un jambon à peine entaché de moisissure dans son garde-manger personnel, y joignit trois fiasques de vin de Montefiori, et fit porter le tout par un de ses officiers d'ordonnance déguisé en prêtre au curé de la paroisse. Trois jours plus tard, il récidiva avec une oie vive et autant de fiasques de vin. Avant que la semaine fût écoulée, le curé Cassoli que nous connaissons déjà se trouvait sous sa tente devant lui.

« Qu'est-ce qui me vaut ces bontés, Monseigneur ? » demanda le prêtre. Comme le prince n'entendait pas le dialecte, la conversation se noua en latin d'Eglise. « Le plaisir de l'offrande, dit Eugène. On m'assure de différents côtés que tu es un saint homme. Il faut savoir honorer les saints. » Serrant son chapeau rond sur son ventre, Cassoli gobait. « J'aime le Christ », dit-il. Eugène porta une prise de tabac à ses narines qu'il avait minces, et éternua. « Et du roi et de l'empereur, lequel des deux aimes-tu ? » demanda-t-il. Le curé n'hésita pas. « Le roi de France est apostat, dit-il. Dans l'affaire de l'évêque de Cambrai, il a fait pleurer le pape. L'empereur Léopold a toujours été un fidèle sujet de l'Eglise. » La conversation allait où le voulait Eugène. Il n'y avait qu'à laisser les rênes molles. Le prêtre vint à parler tout naturellement de l'égout, qui était la plaie de son église. Ce n'était un secret pour personne qu'on pouvait autrefois y circuler, sortir de la ville et y entrer sans passer par les portes. Mais une épaisse couche de fange rendait maintenant le passage sous la muraille quasiment impraticable. A la question d'Eugène si un curage était possible, Cassoli mit les bras en l'air. « Possible ? Tout est possible. Il faut des hommes et du temps. Je n'ai jamais rien eu de cela. Dix fois, j'ai demandé au syndic. A cause de l'odeur. On promet, on promet, et... »

Soudain, il écarquilla un œil et ferma l'autre. Il venait à la seconde de tout comprendre. Jamais encore les idées ne s'étaient bousculées dans sa pauvre tête à une telle vitesse. Il avait l'air à ce point ahuri que le prince eut un sourire. Il savait, depuis qu'il était lui-même passé par les séminaires, qu'il n'y avait rien qui ne se puisse obtenir d'un prêtre en y mettant le prix. « Combien ? » demanda-t-il. Cassoli pensait si vite qu'il sentait ses idées se dérober avant qu'il pût les attraper. « Quoi ? Quoi ? Combien ? Est-ce que je sais, moi, combien ? La chance de ma vie, pour sûr, que Dieu me pardonne. » Comme plus tôt, il mit les bras en l'air. « Beaucoup. Beaucoup. Beaucoup. » Il n'osa dire un chiffre, de peur d'être floué, et de voir le sourire de son vis-à-vis se changer en rire franc. En même temps, il eut la révélation qu'il se trouvait en présence du prince Eugène, généralissime des armées impériales, dont les pouvoirs allaient au-delà de ce qu'il pouvait imaginer. « Hardi, Cassoli, se dit-il. Hardi ! » Et, à haute voix, couverte par l'émotion : « Je veux la crosse. La crosse et la mitre. Un évêché avec de nombreuses paroisses. Ce que votre Seigneurie promet, l'empereur ne manquera pas de le tenir, et le pape d'y consentir. Et, comme acompte, je veux dix, non, vingt mille ducats en monnaie de Venise. »

Sur le visage d'Eugène, le sourire avait disparu. « Eh bien ! » pensa-t-il. Lorsque la circonstance s'y prêtait, l'esprit arrivait au galop. Eugène savait sa caisse vide et son influence compromise, à moins de réussir un coup d'éclat, et ce coup d'éclat passait précisément par ce curé de malheur. Eugène aussi pensait vite. Il n'avait rien à gagner à tergiverser. Il promit. Il eût promis dix fois plus, la couronne de saint Etienne et la tiare de saint Pierre. Ou il entrait dans Crémone et trouverait dans le trésor des Français de quoi amuser le curé, ou il n'y entrait pas et ce serait pour lui à coup sûr la disgrâce. D'un geste large, Cassoli tendit la main pour sceller l'entente. Eugène fit semblant de ne pas la voir. Toucher cette main eût été dans le moment présent au-dessus de ses forces.

Un plan d'action fut arrêté aussitôt. Le lendemain matin, Eugène enverrait dix fantassins déguisés en paysans et munis de pelles, pioches, seilles et brouettes, qui passeraient la porte de la Toussaint un par un et sans avoir l'air de se connaître. Cassoli les cacherait pour le reste du jour, partie dans la sacristie, partie au presbytère. Dès la tombée de la nuit, les hommes se mettraient au travail. « Je pense qu'il faudra trois nuits », dit le curé. Le prince coupa court. « J'enverrai des Bavarois. Ils le feront en deux nuits. » Un messager viendrait avertir Eugène que le passage était libéré. La nuit suivante, on ferait entrer 400 grenadiers par le souterrain. Cassoli les mènerait à la porte Saint-Marguerite condamnée par une simple cloison de briques facile à percer sans bruit. L'ouverture faite, on y jetterait un régiment de cavalerie, les chevaux ayant les sabots bandés, et la piétaille. Le reste serait affaire de commandement et de stratégie.

Pendant que s'élaborait ce plan sous la tente d'Eugène, Villeroy était à Milan en conversation avec Vaudémont, lequel devait en référer à Louis XIV. Le maréchal fut de retour à son quartier le surlendemain, à 5 heures de relevée. Il ne voulut voir personne, refus qui sauva son armée de la déroute totale, dîna de bonne heure, et se mit au lit avec une prétendue vierge à vingt francs. Lui qui souffrait souvent d'insomnie fit une nuit comme rarement. L'aube pointait quand il fut tiré du sommeil par une pétarade de mousquets. Au même moment, un de ses aides de camp tambourina contre la porte. « L'ennemi est dans la ville. Alerte aux Allemands ! » Villeroy sauta dans ses chausses, et passa dans son cabinet où il prit le temps de brûler des papiers dans la cheminée où rougeoyaient encore des braises de la veille. L'honneur lui commandait d'aller droit au déshonneur. Son cheval blanc piaffait déjà, tout sellé, dans la cour. On lui tint l'étrier, il se hissa, donna de l'éperon et caracola hors du palais. A peine se fut-il éloigné du porche qu'il se vit entouré d'une escouade de grenadiers qui l'arrachèrent de selle et le firent tomber à terre. Mais l'officier le reconnut et fit reculer ses hommes. « Votre épée, monsieur le Maréchal. Vous êtes mon prisonnier. » Villeroy se rajustait. « Mille ducats et une capitainerie, si vous me laissez aller. » L'officier resta impassible. « Et la potence ? dit-il. Nous n'irions pas loin, ni vous ni moi. » Villeroy croyait très fort aux vertus de la tentation. « Dix mille ducats, dit-il ; et un brevet de général au service du roi de France. » L'officier eut comme un vertige et son regard se brouilla. Mais il y avait trop de témoins à la scène. Il fallut se résigner. « Monsieur le Maréchal, dit-il, j'ai plus de satisfaction à vous combattre pour la gloire qu'à vous servir pour la fortune. Allons ! » Et il conduisit son prisonnier dans un couvent hors de la ville.

Je ne donnerai pas le détail de la bataille, encore que j'en aie été assez bien informé par des témoignages nombreux. Pendant longtemps, on ne parlait que de cela dans Crémone. Comme la plupart de mes concitoyens, j'ai passé cette journée-là derrière mes persiennes à épier la rue. J'ai vu un grand désordre et beaucoup de sauvagerie. Les adversaires étaient partout, mêlés comme des billes dans un sac, et ne savaient guère où donner du mousquet et de l'épée. Aux premières lueurs, on pouvait reconnaître les Français à ce qu'ils étaient dépenaillés ou à moitié nus, brutalement arrachés au sommeil et chassés de leurs cantonnements ; mais la violence des engagements mit bientôt les assaillants à égalité avec eux ; quand un hurlement à vous glacer les sangs couvrait la pétarade et le tumulte des sabots et des bottes, on ne savait si le cri sortait de celui qui tuait ou de celui qui était tué.

Un renseignement encore, qui nous fut révélé après coup. Tandis que ses fantassins achevaient de nettoyer l'égout sous la muraille, Eugène eut recours à un stratagème qui visait à réduire la garnison et donc à affaiblir la résistance. Il fit porter sous déguisement à l'état-major français un pli prétendument signé de la main du duc de Parme, lequel demandait d'urgence le secours d'un régiment du roi pour mater une rébellion dans le peuple. Conformément au jeu des alliances, le lieutenant général Revel mit ses bataillons en ordre de marche, l'arme au pied ; mais il lui fallait, pour faire avancer ses troupes, le contreseing du maréchal. Pour n'avoir pas reçu Revel dès son retour de Milan et remis la signature au lendemain, Villeroy s'assurait innocemment la présence d'une forte unité prête à combattre, et qui fut le meilleur de la défense française en cette journée de malheur.

J'aimerais que l'on prît avec moi un peu de hauteur pour admirer — quel autre terme conviendrait mieux ? — la sublime inconséquence de l'Histoire. Voici un foudre de guerre, Eugène, dans la force de l'âge, trente-huit ans, stratège confirmé et subtil manœuvrier, doué d'intelligence, d'imagination et de fermeté de caractère, téméraire quand il le pouvait et prudent quand il le fallait, engagé dans une action où il avait mis le plus possible d'atouts dans son jeu, la ruse, la trahison, la surprise, le stratagème, sans parler de la chance qui se logeait généralement de son côté, et il en sortit *perdant,* bien que libre de sa personne ; et voici un sabre de bois, Villeroy, usé par l'âge, proche de la soixantaine, sans aucun talent particulier hormis la flagornerie commune à tous les courtisans, amolli par les plaisirs de table et d'alcôve, généralement malchanceux au combat, ce qui lui valait dans le peuple des faubourgs de Paris le surnom de *maréchal-tambour* parce que « *le tambour est battu des deux côtés* », forcé dans un engagement qu'il n'était pas préparé à soutenir, imbu de sa personne et hautain par un rayon oblique du droit divin, prompt à la colère et négligent dans ses devoirs, et il en sortit *gagnant,* quoique prisonnier.

Effet du hasard ? Pesée de la providence ? Vétilles que cela ! Tout au long de la journée, l'issue de la bataille fut incertaine, tel point d'appui pris et repris jusqu'à trois fois, telle redoute inexpugnable, tel retranchement simplement abandonné à l'ennemi. Ce qui joua contre Eugène, ce fut l'obligation où il s'était mis de trop bien faire, et cela n'est accordé à personne. Il avait calculé que la surprise paralyserait les défenses françaises, et ce fut le contraire qui advint : la surprise rendit les Français furieux, et leur fureur combatifs et hargneux.

Chaque heure qui passait les avantageait contre les impériaux préparés à une victoire rapide. Ici et là, des foyers d'incendie signalaient que les assaillants avaient commencé à piller et à se déchaîner contre la population, et ces débordements n'étaient pas dans les plans. Eugène se rendit à la Maison Commune où les magistrats s'étaient réunis pour délibérer. Il les mit en demeure de choisir leur camp et de donner des ordres en conséquence. Mais les magistrats avaient, eux aussi, senti le vent tourner. Leur réponse fut que leur préférence n'allait ni d'un côté ni de l'autre. Au reste, ils savaient que les impériaux avaient engagé tout ce qu'ils avaient de troupes, tandis que des renforts étaient en route pour les Français. Le syndic eut le front de déclarer que tout ce qu'il pouvait faire était de formuler des vœux pieux pour que l'affaire finît au plus vite, et Eugène se vit congédié.

Dès cet instant, il songea à l'abandon et à la retraite. Un tel genre de pensée ne porte pas à la fermeté. Il se rendit à la porte Sainte-Marguerite, par où il était entré, et constata que ses soldats avaient commencé à refluer sans ordre, qui tirant qui poussant des chariots de butin. Il n'y avait plus à s'obstiner. L'intelligence était aussi de reconnaître l'échec et de s'en arranger.

Quand le froid soleil de février commença à décliner, le dernier Autrichien en état de marcher avait quitté Crémone. Dans une méchante carriole escortée par six cavaliers armés, Villeroy roulait vers ses prisons. La déception et la fatigue lui avaient brisé les nerfs. Bercé par les cahots, il dormait paisiblement.

Sur le soir, je me rendis chez Antoine. Celui-ci

167

venait juste de descendre du grenier où il avait travaillé toute la journée à façonner des chevilles. Il y avait peu de désordre dans les ruelles proches, et sur la place. Un à un, les amis arrivaient, porteurs de nouvelles et de commentaires. Il faisait déjà nuit quand il nous fallut constater qu'Alfandari manquait. Antoine alluma une torche, et nous y allâmes en groupe. La porte de l'officine était enfoncée. A l'intérieur, tout était sens dessus dessous. Notre ami gisait dans le fatras devant le comptoir, une épée allemande en travers de la poitrine.

Nous le veillâmes jusqu'au jour, et assurâmes ses obsèques. Le commandement de l'armée fit creuser une tranchée hors les murs et y jeter pêle-mêle les morts de toute provenance. Les impériaux en avaient laissé plus de 500 ; les Français près de 2 000. Avant la fin de la matinée, le curé Cassoli était jugé et pendu.

Nous eûmes les Français pendant cinq années encore ; après quoi ils cédèrent la place aux impériaux. Tant qu'un de nos amis sera en vie, il ira fleurir la tombe d'Alfandari. Pour ma part, je n'y manque pas.

Soirée de musique au palais Biotti. Dame Angèle, percluse et momifiée dans une chaise aux mains de deux laquais, mais ayant gardé la tête claire et le regard vif, invitait à des joutes entre deux jeunes espoirs de l'archet, le Piranèse Tartini et le Florentin Veracini, qui prétendaient l'un et l'autre à la place au sommet. Le premier avait fait scandale à Padoue pour avoir suborné par l'impétuosité de son jeu la nièce du cardinal Cornaro, le bien nommé, lequel commanda à deux de ses spadassins de saigner l'impertinent ; mais le violoniste maniait la rapière aussi habilement que la mèche à crins, il expédia les sbires du prélat l'un à l'hôpital, l'autre au cimetière, et s'enfuit à Assise où il se fit moine dans un couvent fréquenté par le diable en personne ; il en arrivait juste, et n'avait pas vingt-cinq ans. Le second passait pour être la coqueluche des salons de Venise, très en faveur auprès des belles dames qui s'y connaissaient aussi bien en musique qu'en galanterie ; à un an près, il était du même âge que son concurrent.

La confrontation ne manquerait pas d'être piquante. Tout ce qui s'attribuait rang dans les académies et cénacles s'en excitait fort par avance, mais il était arrêté qu'il n'y aurait que peu d'élus, une cinquantaine, pour juger. Ma récente promotion au grade de bâtonnier me valut d'être parmi les invités ; le docteur Monteverdi y figurait au titre de premier médecin de la ville. Ce n'était point un effet du hasard que le petit monde qui le portait encore haut dans Crémone fût aussi en état d'apprécier les subtilités d'une telle compétition. Pour ma part, je n'en étais nullement flatté ; au contraire. Ce monde-là voyait trop clairement s'élargir les fissures qui le minaient. Une certaine Europe se mourait, comme s'anéantissait le vieux roi podagre et constipé sous le regard apeuré de son entourage saisi de vertige devant le néant qui s'ouvrait. Un temps nouveau crevait la coquille de l'œuf qui avait préservé trop longtemps sa germination, cela montait vers le mérite et contre le privilège, pour plus de justice et moins d'arbitraire, et quantité de signes indubitables témoignaient du bouleversement en cours. Une paix fragile s'était conclue entre les puissances majeures, incapables de pousser plus avant leurs vieilles rivalités, mais aussi incapables de s'avouer à bout de souffle. Tel était l'empire d'Allemagne, tel le royaume de France ; en fait, la bête conservait encore un peu de nerf, qui l'aidait à durer. Mille chansons couraient là-dessus par monts et par vaux, qui toutes reprenaient le même refrain : « Vivement que cela finisse, vivement que cela commence. » Et je connaissais le messager taillé dans du bois de qualité qui diffusait par la vibration de sa corde cet air-là sur tous les tons. On commençait à parler de ce Rosso-Vivaldi qui faisait courir la musique au fouet, et aussi d'un autre jeune chapelain de Weimar qui la sculptait comme si elle eût été de marbre. Ce n'était plus l'annonce, c'était déjà la substance des temps à venir. Je tenais pour une chance insigne d'être à la charnière de cette révolution. Comme les peuples, le violon sortait de l'anonymat, et c'est à lui que reviendrait la seule victoire qui valût dans le duel qui allait opposer le Piranèse au Florentin, quel qu'en serait le gagnant.

Tartini était arrivé d'Assise sans bagage. Dans l'après-midi, il vint à l'atelier d'Antoine demander le prêt d'un violon. Il en essaya plusieurs, n'en trouva aucun tout à fait à sa main ni tout à fait à son oreille, et finit par arrêter son choix assez abruptement comme le font parfois les jeunes gens trop sûrs de leur fait. Sans ménagement, il remit l'instrument dans l'étui. « Crois-tu qu'il me fera avoir du talent ? » questionna-t-il, pensant sans doute faire un mot d'esprit. « Certainement non, répondit Antoine sèchement ; mais il te donnera envie d'en avoir. » Tartini eut un haut-le-corps comme s'il avait été souffleté. « J'en manquerais donc à ce point ? » dit-il sur un ton pincé. « Cela est ton affaire, répliqua

Antoine. Le talent, vois-tu, est un tout petit honneur et une très grande charge. Personne ne peut se dire quitte avec cela. » Il reprit le violon et le rangea en douceur. « Si tu ne prends pas soin de lui, il ne prendra pas soin de toi », dit-il encore. Tartini ramassa l'étui et quitta l'atelier sans plus discuter.

Le couvre-feu qui nous fut si souvent et durablement imposé en ces dernières années obligeait les séances d'académie à débuter de bonne heure. Il faisait encore jour, en cette fin d'hiver, quand nous quittâmes l'atelier d'Antoine où le docteur Monteverdi m'avait rejoint.

Un vent aigrelet nous fouette par à-coups au détour des ruelles et rabat quelques gouttes d'une pluie qui reste suspendue dans les hauteurs. Les marchands démontent les éventaires et ferment les boutiques. Rares passants engoncés dans leur *tabarros* comme nous le sommes nous-mêmes et, de-ci de-là, carrosse au pas, précédé d'un éclaireur qui aboie le nom de son maître, quelque seigneur dont le profil solennel apparaît brièvement à la portière, prélat, ambassadeur, magistrat, plus rarement bourgeois enrichi dans le commerce. Il fallait alors se plaquer contre le mur pour laisser passer l'attelage dont plus d'un, regardé de près, apparaissait boiteux, écorné ou affaissé sur un ressort trop fatigué. On aurait pu compter les côtes des chevaux et les reprises au manteau du cocher, et si l'occupant de la voiture portait encore riche et beau, il ne se montrait pas en son état sans hésitation. Ceux-là mêmes qui dirigeaient les affaires pour l'autorité suprême ne croyaient plus en leur destin faute de pouvoir l'entretenir. L'Eglise et les Etats, pourtant au sommet de leur puissance, ressemblaient à ces carrosses branlants qui ne pouvaient plus faire illusion que de loin. Comme le pouvoir suprême se défaisait par le haut, notre ville se ruinait par la tête. Crémone avait eu faim. Crémone avait eu peur. Crémone ne trouvait plus d'exemple à suivre. L'Italie chantait encore dans la pourpre et les ors, mais les couleurs se délavaient, la splendeur s'affadissait. En Milanais, il était interdit de parer les étoffes, sous peine d'amende. Une certaine austérité, pour n'être pas ressentie comme pis-aller, se posait comme vertu, le bon ton consistait à se montrer économe pour ne pas trahir le dénuement ; et que dire du bas de l'échelle qui ne pouvait guère descendre plus bas. Le docteur Monteverdi pressentait que les temps à venir seraient ceux des médecins et des avocats, il nous mettait, lui et moi, en position et en appétit, mais nous restions dans la piétaille menacée de rouler sous les jambes des chevaux, tandis que nous allions, privilège insigne, par goût et droit naturel, écouter de la musique.

Des flambeaux délimitaient l'entrée du palais Biotti dont je connaissais bien la grille et la façade taillée en pointes de diamant, mais où j'allais pénétrer pour la première fois. J'étais convenu avec le docteur Monteverdi que nous ne nous quitterions pas : puisque nous étions, de par son diagnostic, dans le creuset de l'avenir, autant rester collés ensemble. Quelques tuniques d'apparat, quelques uniformes déambulaient déjà dans les salons. Nous connaissions un peu les édiles du municipe, la banque et l'industrie des étoffes, quelques robes de Justice, de Médecine ou d'Eglise. Avant de nous joindre à un groupe, il fallut saluer dame Angèle dans sa chaise, l'image même de la prospérité tant elle était distendue et luisante, quand même le plancher se gondolait sous nos pas et que les fresques du plafond et des murs s'écaillaient par plaques. « Je penche pour Tartini », dit-elle. On avait économisé sur la chandelle et sur les *foconi*, il faisait frisquet, et notre hôtesse semblait fort indécise quant à la surface de dentelle à montrer et la largeur de couverture à rabattre. Les invités, pour la plupart, restaient enveloppés.

Une certaine animation se manifestait du côté de l'ambassadeur de Vienne qui possédait sans doute des informations plus ou moins secrètes qu'il se ferait un plaisir de distiller. En effet, il était question de la conférence qui se tenait à Utrecht entre les puissances de la vieille Europe sur le déclin, et les nations montantes, l'Angleterre, la Prusse, et le fond de la discussion nous concernait au premier chef, car elle devait régler, pour un temps, le sort de Crémone. La thèse était que le petit-fils de Louis XIV, Philippe d'Anjou, fît l'abandon du trône d'Espagne où son grand-père l'avait assis d'autorité, et reçût en échange la Sicile, le Piémont et la Savoie, donc notre pays lombard ; nous verrions le départ des Autrichiens et le retour des Français. Pour être de bonne source, l'information n'avait rien pour nous réjouir, hormis l'ambassadeur qui s'ennuyait à Crémone et qui pouvait espérer un poste plus divertissant. Ce fut l'occasion pour moi de rappeler ma longue rencontre avec le jeune roi d'Espagne dans l'atelier du luthier Antoine. On fit cercle autour de moi et on me pressa de questions.

C'était l'année du siège, quelques mois après qu'Eugène se fut retiré, que Philippe V était passé par Crémone pour inspecter les champs de bataille, et peut-être se donner une petite victoire facile sur les troupes du prince, chose que les états-majors sauraient arranger à merveille pour fortifier la gloire du jeune roi. Au retour, la petite victoire acquise au prix de plusieurs milliers de tués, Philippe V était resté quelques jours à se reposer parmi nous. Il eut son *Te Deum* à la cathédrale, reçut aimablement les ducs de Parme et de Mantoue venus lui faire obédience, donna un bal fastueux dans sa résidence du palais Trecchi, visita l'hôpital et la citadelle, et se fit conduire à l'atelier d'Antoine commander des instruments dont il attendait beaucoup. Je fus extrait du tribunal pour faire l'interprète, car personne dans l'entourage du roi ne parlait notre dialecte, et Antoine n'entendait ni le français ni l'espagnol.

Le carrosse royal étincelant de glaces et de laques, tout enrubanné aux blancheurs du lys, attelé de six hongres pommelés, et gardé par une escouade en tenue d'apparat, stationnait sur la place Saint-Dominique. La valetaille avait introduit dans l'atelier le fauteuil royal, meuble lourdement sculpté et doré, où Philippe V paraissait posé comme un papillon prêt à prendre son envol. Près de lui se serraient le jésuite de service, le P. Daubenton, et une suite de Grands aux mines sinistres.

Le petit-fils de Louis XIV venait d'accomplir sa dix-huitième année et n'en paraissait guère plus de quinze. C'était un frêle adolescent au teint laiteux, d'un maintien tout de grâce et de légèreté, qui tira son chapeau quand je fis mon entrée, geste qui provoqua un raidissement chez les Grands car un privilège que les rois d'Espagne partagent avec eux était de rester couverts en toute occasion hormis devant Dieu, leçon que le petit roi élevé à Versailles n'avait pas encore suffisamment assimilée. Il avait le cheveu blond, le regard très clair, et la bouche si petite qu'on était en droit de se demander comment elle pouvait lui servir à parler, et encore moins à manger. Il parla pourtant, d'une voix fluette, quasiment sans timbre, et ne cessa de déguster des chocolats qu'il puisait dans une grande boîte posée sur ses genoux.

Le cérémonial qui s'instaura fut des plus singuliers. Philippe posait ses questions en français au P. Daubenton, lequel me les répétait en français, bien que je les eusse parfaitement comprises ; je m'entretenais ensuite avec Antoine dans notre dialecte, et donnais

176

ses réponses en français au P. Daubenton, qui les répétait mot pour mot en direction du roi, à croire que c'était absolument contraire à la raison d'Etat que j'eusse avec l'auguste personnage un échange direct de paroles. Ce double détour ralentissait sensiblement la conversation, qui portait moitié sur l'art de la lutherie que Philippe cherchait à connaître, moitié sur les vapeurs du sang et engorgements pithiatiques qui le tourmentaient depuis que, venant de Madrid, il avait débarqué à Naples. Philippe avait entendu dire à Mme des Ursins qu'elle lui conseillait une *petite musique de chambre* pour chasser l'atrabile et combattre la mélancolie à laquelle il inclinait naturellement. Renseignements pris, il se donnait le choix entre un quartette et un quintette, avec une petite préférence pour le second, car *cinq* était son chiffre fétiche, aux dires de Mme des Ursins. « Une créature de la Maintenon », précisa l'ambassadeur, qui avait une oreille à la traîne partout où se combinait la politique. « Tout juste, enchérit le marquis Levanti ; en réalité, c'est elle qui gouverne l'Espagne ! » Je fus invité à poursuivre le récit de la visite. D'autres invités s'étaient joints à notre groupe et il y eut de nombreux apartés à mi-voix. Philippe se fit montrer plusieurs violons, les prit à tour de rôle comme s'il se fût agi de miroirs à main, passa l'archet sur les cordes ce qui en tira d'affreux grincements qui mirent l'assistance en joie ; même les Grands dénouèrent leur mine. Il fut décidé qu'Antoine ferait un quinquette pour le roi d'Espagne : deux violons, deux violes de bras et une viole de jambe, abondamment décorés d'arabesques peintes et d'incrustations d'argent, le tout pour la somme de cent ducats de Venise. L'un des Grands se révéla être l'argentier ; il signa un billet à ordre sur une banque de Milan en contre-valeur de cent ducats, et Philippe V donna le signal de départ.

« Si mes informations sont bonnes, dit l'ambassadeur de Vienne, le jeune roi d'Espagne est de plus en plus mélancolique. Le charme de la *petite musique de chambre* n'a pas opéré comme il faut. » Il y eut quelques sourires à la ronde, non exempts de malice. « Le quintette n'a pas été livré, dis-je. Il a fallu trois années de travail pour mener la commande à bien. C'est un ensemble superbe, qui n'a jamais eu et n'aura sans doute jamais son égal. Le roi ne s'est plus soucié de ces instruments. Plusieurs messages envoyés à Madrid sont restés sans réponse. Il se trouve aussi que le luthier s'est pris d'amour pour ce quintette, qu'il ne souhaite plus du tout voir partir. Chaque jour, il refait les accords et traque le plus petit soupçon de poussière sur le vernis. D'autres acheteurs ont demandé à emporter cet ensemble, et se sont heurtés au refus net du luthier. Curieusement, une légende s'est attachée à ce *quintette espagnol ;* on a dit que le luthier le conservait pour en faire don au roi d'Espagne. Quelle sotte idée ! Pour qui connaît un peu notre bonhomme, la thèse est insoutenable. Il rendrait plutôt les cent ducats si l'Espagne les lui redemandait

et, radin comme il l'est, cela lui serait un vrai déchi-
rement. Mais Madrid semble avoir ravalé et oublié
cette dépense, et Philippe V confie sa mélancolie à un
castrat qui ne le quitte pas. Le *quintette espagnol* ?
Jamais roi ne s'est montré digne d'un tel cadeau
royal. »

« A moins que le trône ne soit transféré à Milan ? »
dit le docteur Monteverdi. D'un geste, l'ambassadeur
de Vienne nous engagea à le précéder, car le major-
dome venait de passer entre les rangs priant les invités
d'aller prendre place. « On en parle, dit-il. On en
parle surtout à Utrecht, et Utrecht est loin de Milan.
Louis XIV n'en finit pas de mourir. Orléans ou
Maine à la régence, c'est toute la question. Le moment
venu, l'Autriche aura son mot à dire, et je vous
promets qu'elle le dira. Secret d'Etat. »

Comme prévu, le concert fut plaisant. Un tirage
au sort mit d'abord Tartini en piste. Il annonça qu'il
jouerait une pièce de sa composition intitulée *la Sonate
du diable,* comportant des trilles nombreux, et fort
difficiles à exécuter. Tout le morceau lui serait apparu
en songe, et il se serait contenté de transcrire au
réveil ce qu'il avait entendu pendant son sommeil.
Il porta le violon à l'épaule, chercha sa position sans
trouver la bonne, et parut fort troublé, de sorte qu'il
tarda à commencer. Il avait la taille courte, le visage
maigre et osseux, et les mains fines et longues. La
salle, un moment silencieuse, murmura et l'attente se
prolongeait encore.

D'aucuns avaient repris les conversations interrompues quand Tartini attaqua. Son jeu était tourmenté comme sa personne. Il roulait le buste, grimaçait et, par instants, frappait du pied, comme s'il lui fallût s'aider de tout son corps pour faire naître ces sonorités un peu froides et brillantes, brouillonnes, me semblait-il, dans la prouesse des trilles. Manifestement, Tartini voulait impressionner et il y parvint, bien que ce fût plus inspiré qu'ordonné, plus arraché qu'offert, la musique et l'homme emmêlés dans une démonstration quelque peu maléfique. Son succès ne fut pas mince. Dame Angèle le soutint longtemps de ses applaudissements et la salle ne manqua pas de suivre le goût de l'hôtesse. On fit passer les sorbets et les commentaires ; la position du Piranèse semblait fort bonne.

Mais dès que le Florentin eut fait monter les premières mesures de son violon, ce fut évident qu'il aurait le dessus. Veracini jouait un morceau déjà bien connu, *la Folie d'Espagne* de Corelli, l'une des premières compositions dans l'histoire de la musique à donner au violon une place autonome avec autant de liberté. Le thème se développait ample et délié, tout en nuances, dans une succession de sonorités à la fois profondes et limpides. Quand l'exécutant en vint aux variations, la technique du doigté et de l'archet se pliait entièrement au service du phrasé, constamment maîtrisé.

Serré dans un justaucorps de velours sombre, Veracini se tenait droit mais sans raideur, ne cherchant jamais l'effet facile, absent, eût-on pu dire, pour laisser toute la place à la musique, et à elle seule. La qualité du silence dans la salle témoignait de la qualité de son jeu et du plaisir rare qui en venait à chacun.

Un remous se produisit dans le fond : c'était Tartini qui s'en allait. Il quitta Crémone la nuit même. On apprit plus tard qu'il avait trouvé refuge dans un couvent à Ancône où il se tint caché pendant trois années entières, sans plus paraître en public, entièrement occupé par l'étude du violon. Sans doute songeait-il parfois au propos du luthier Antoine que le talent est un tout petit honneur et une très grande charge. On sait quel maître incomparable Tartini devint.

Ce matin, je suis passé par la ruelle des Couteliers, sans penser à m'y arrêter. Comme la porte de l'atelier était ouverte, j'y suis entré. J'ai trouvé François, l'aîné, doux septuagénaire, réplique atténuée et rabougrie du bonhomme Antoine, devant plusieurs violons détablés, occupé à décoller les étiquettes à la vapeur. Il parut gêné d'avoir été surpris à ce travail. « Les gens sont incroyables, dit-il. Les Allemands, surtout. Tiens, regarde ! Voici une lettre de Dresde. Le *Kapellmeister* de Son Excellence demande s'il ne nous reste pas un violon de la période dorée, il serait prêt à le payer le prix que nous en demanderions. Voici une autre lettre de Nuremberg. Item. Et une autre encore, de Halle. Item. A croire qu'ils se sont donné le mot, ma parole. Qu'est-ce que c'est que la *période dorée ?* Va savoir ! J'ai fini par comprendre qu'il s'agit probablement d'un temps où père n'était plus trop jeune et pas encore assez vieux. Comme s'il n'avait pas toujours donné le meilleur de lui-même. Comme si tout ce qu'il a fait n'était pas commandé et payé d'avance. Il n'a jamais terminé plus de dix à douze violons par an. Comment en resterait-il ? Je ne parle pas du *quintette espagnol,* c'est à part. » François eut un geste pour signifier qu'il n'était pas dupe. « C'est égal. Puisqu'ils en veulent, ils en auront. De toute manière, ils n'y connaissent rien. »

Je songeai que François était bien sommaire, et que jamais Antoine n'eût agi de la sorte. « Remarque, dit-il, cela ne me plaît pas tant que tu pourrais croire. Mon frère pense que nous serions bien bêtes de ne pas en profiter. Il n'a peut-être pas tort ? Père a laissé beaucoup de choses, des ébauches, des instruments plus ou moins avancés et abandonnés, lui seul aurait pu dire pourquoi et en quelle année, il y en a eu tout au long de sa vie, sans doute qu'il leur voyait des défauts qu'il était seul à connaître, je pense. Mais il lui arrivait de reprendre telle ou telle ébauche et de la terminer, cela est sûr. Alors, pourquoi pas moi ? Cela fait du tort à qui ? Autant mettre les bonnes étiquettes dedans, et faire en sorte que les *Kapellmeister* soient contents. Puisqu'il s'agit de la mémoire de père. Tu te rappelles ce qu'il disait ? *A deux pas de l'établi, l'ennui commence.* A deux pas. J'ai compté : d'ici à la crypte, il y en a soixante-douze. Si c'est vrai que père est dans l'ennui pour toujours, où est la paix à laquelle il a droit ? J'ai beaucoup réfléchi là-dessus, et j'ai trouvé. La paix est dans les violons. Tu imagines s'ils se mettaient à vibrer tous ensemble, le bruit que ça ferait ! Pour cela, je suis sûr que père n'aurait pas dit non. Même sous la dalle, il devrait pouvoir l'entendre. Qu'est-ce que je fais sinon travailler pour la paix ? Tu comprends, oui ? »

Je n'avais rien à répondre. Je connaissais François depuis assez longtemps pour faire l'économie d'une discussion oiseuse avec lui. « Note bien, dit-il, que si je passais la main, ce serait pis. Bergonzi, tu te rappelles, Carlo, il est venu me faire une proposition. Il est prêt à acheter la maison, la réserve de bois, tout. Cela finira par se faire, mais rien ne presse. Mon frère pense la même chose que moi. Tant que je suis là, et que je fais ce que je fais, père est un peu là aussi. Encore quelques violons de la *période dorée* pour augmenter le grand charivari de la dernière heure. De toute manière, il n'y en a plus pour longtemps. Je suis fatigué, et si père s'ennuie dehors, moi je m'ennuie ici dedans. Bergonzi fera du Bergonzi avec ce qui reste, et ce n'est pas comme avec les fidèles, même Dieu n'y reconnaîtra pas les siens. Qu'en dis-tu ? Tiens, viens donc avec moi ! »

Il posa la carcasse sur l'établi, se dressa face à la porte, et fit un pas, un deuxième, en comptant à voix haute. Je le suivis à travers la place Saint-Dominique, claire et froide sous le soleil d'hiver. A soixante-douze, nous fûmes devant la table où gisait le luthier de Crémone. L'épitaphe, sommairement gravée, commençait à s'effacer sur la pierre grise. Ici était l'ennui. Mais tant qu'il y aurait des violons de par le monde, il n'y aurait pas l'oubli, quand même l'église et la crypte viendraient à disparaître.

POSTFACE

On se sera étonné — et le contraire m'étonnerait —
de n'avoir pas lu une seule fois le nom de Stradivari
dans le corps de ce livre. Notons que l'orthographe du
patronyme, telle qu'elle apparaît sur les registres pa-
roissiaux de Crémone, est bien comme elle vient d'être
donnée ; le suffixe latin en « us » sur les étiquettes
et, par la suite, dans les dictionnaires est un signe
distinctif commun chez de nombreux **artisans**, artistes
et écrivains de la Renaissance.

J'avais d'excellentes raisons d'escamoter le modèle.
La part inventée déborde à ce point les éléments
fournis par les documents qu'une stricte identification
eût été abusive. Ce que j'ai à proposer ici est une
œuvre d'imagination, non une biographie plus ou
moins romancée. Mon dessein était de ramener à nous
un événement survenu dans le nord de l'Italie en la
seconde moitié du XVIIe siècle — ni tout à fait par
hasard ni tout à fait par nécessité — qui a servi
d'événement axial et de tuteur à l'évolution culturelle de l'homme occidental.

187

En ces temps-là, les artistes et artisans n'avaient pas encore pris l'habitude de signer leurs œuvres. On verrait mal Michel-Ange calligraphiant son nom dans un angle de la Sixtine, ou Léonard le sien au bas de la Cène. Les peintres avaient des trucs plus subtils, en particulier celui de prêter leurs traits ou leur silhouette à l'un des personnages de la composition. La plupart des livres paraissaient sous anagramme ou sans mention d'auteur. Le violon, en revanche, dès le début du XVIe siècle, portait clairement la marque de son facteur, sans doute pour des motifs commerciaux — tel luthier jouissant d'une réputation supérieure à tel autre —, et le trafic des étiquettes fut tout de suite florissant. Pour se rattacher ainsi à un être singulier, le violon devenait singulier, objet d'art et source d'art, fin et moyen au suprême degré. Le sens de la démarche était donné ; il n'y avait plus qu'à s'y couler et à laisser le destin s'accomplir.

En près d'un siècle de vie, en plus de trois quarts de siècle de labeur, " collé comme une bernique sur un rocher ", épargné par la peste, la guerre et la famine, notre luthier de Crémone créa des formes et des promesses, en un mot : des rêves. Un millier d'instruments à cordes, pour une moitié violons, pour l'autre moitié violes, violoncelles, luths et théorbes. Les luths et théorbes disparurent sans laisser de trace. Les violes n'atteignirent guère à la renommée. Il fallut attendre notre siècle, et la venue des grands solistes, pour mettre les violoncelles en faveur. Pour les violons, le triomphe fut immédiat et total, à croire qu'ils avaient été faits pour l'élévation de l'humanité tout entière.

Sur les cinq cent cinquante violons attribués avec plus ou moins de certitude à Stradivari, il en reste à peine deux cents, dont la plupart sont laborieusement réparés — et la réparation vaut la compétence et le savoir-faire du réparateur — car chacun de ces violons coûte le prix d'un duplex spacieux et de haut standing orienté au sud avec vue imprenable sur le Bois. Cela, ni le luthier ni le narrateur, son contemporain, ne pouvaient le savoir, et pas même en avoir le soupçon. La date placée en tête du premier chapitre n'a pas été choisie au hasard : notre luthier est mort en 1737 ; notre avocat, réel lui aussi, mourra en 1743. Au moment où ce texte est supposé être écrit, une très petite poignée de collectionneurs et quelques artistes connaissaient le nom du luthier de Crémone. Il n'y avait pas nécessité d'en faire mention.

Seul importe ce qui s'est fait, et pourquoi cela est entré si loin dans notre héritage.

H. L.P.

IMP. HÉRISSEY A ÉVREUX (EURE).
D.L. 4ᵉ TRIM. 1977. Nᵒ 4699-2 (20441).